刑事ダ・ヴィンチ

加藤実秋

双葉文庫

目　次

第一話

奈落 The Abyss

1

飲み過ぎた。いや、今夜はいくら飲んでもいいだろう。相反する思いが胸をよぎり、勝《かつ》田照信《たてるのぶ》は息をついた。初夏の風が気持ちいい。

子会社への出向を命じられて三年。このまま定年を迎えるのかと思っていたところに、本社への帰任を命じられた。いきさつはよくわからず、一抹《いちまつ》の不安も覚えるが、サラリーマン人生を本社で終えられれば言うことはない。

と、脚がふらついて通りの真ん中に出てしまった。後ろから車のヘッドライトに照らされ、勝田は端に寄った。その脇を抜け、赤い車が走って行く。

ここは高台の住宅街だ。昼間の交通量は多いが、午前零《れい》時を過ぎた今は閑散《かんさん》としている。通りの先には大きくて急なカーブがあり、そこを曲がれば勝田の家は目の前だ。

見るともなく見ていると、赤い車は前方のカーブを曲がって行った。その直後、薄暗い通りに甲高《かんだか》いブレーキ音が響いた。驚いて勝田が立ち止まった矢先、大きく重たい衝撃音が続いて空気が揺れた。気づくと、勝田は駆けだしていた。すぐに脚が重たくなって息も上がったが、必死に走ってカーブを曲がる。

カーブの先は幅四メートルほどの通りで、片側に家が並び、反対側は高さが三十メートルほどある崖《がけ》だ。崖の手前には金網フェンスが張られているのだが、途中から外側になぎ倒され、一部はなくなっている。カーブを曲がりきったところで立ち止まり、勝田は視線を巡らせた。赤い車は見当たらず、崖下からはかすかな煙が立ち上っている。

大変だ。焦りが湧き、勝田は崖に歩み寄ろうとした。と、視界の先に何か見えた。とたんに、

「うわっ！」

と声を上げ、勝田は後ずさった。しかし脚がもつれ、その場に尻餅《しりもち》をついてしまう。

外灯がアスファルトの地面を照らしている。そこにはぽっかりと、深く大きな穴が開いていた。

2

雑念を捨てろ。失敗は許されない。

自分で自分に言い聞かせ、小暮時生《こぐれときお》は身をかがめた。目の前のダイニングテーブルの上にはピンク色の小さな弁当箱があり、中には鶏《とり》の唐揚げと卵焼き、プチトマト、丸いおに

ぎりが二個詰められている。おにぎりの中央にはスライスした魚肉ソーセージが一枚載せられ、その両脇に丸く切った海苔《のり》が貼り付けられている。

息を詰め、時生は右手をおにぎりの一個に近づけた。指先につまんだ一粒の白ごまを、魚肉ソーセージの中央右側に縦に載せる。続けて、もう一粒つまんで中央左側に載せた。完璧だ。達成感を覚え、時生は白ごまが吹き飛ばないように顎《あご》を上げて息をついた。

「パパ。これ読んで」

絵本を手に、四歳の次女・絵理奈《えりな》が近づいて来た、黒く艶やかな髪をツインテールに結い、幼稚園の制服を着ている。

「絵本は帰ってから。それより、今日は上手くできたよ。ブタさんのおにぎり～」

そう返し、時生はテーブルから弁当箱を取って絵理奈に差し出した。魚肉ソーセージが鼻で、白ごまは鼻の穴、海苔は目のつもりだ。おにぎりの上部左右には、半円形にスライスしたウィンナソーセージを、耳に見立てて載せている。が、絵理奈はおにぎりを一瞥《いちべつ》すると言った。

「ブタさん、いや。クマさんがいい」

「えっ。絵理奈が、ブタさんがいいって言ったんだよ」

「いやなの。香里奈《かりな》ちゃんと一緒がいい」

首をふるふると横に振り、絵理奈は主張する。香里奈は絵理奈の双子の妹だ。テーブルには、先に完成した香里奈の弁当も載っている。詰めたおかずは絵理奈のものと同じだが、おにぎりの上にはスライスチーズと黒ごま、ケチャップでクマの顔を作った。

脱力しつつ、時生は頭を巡らせた。魚肉ソーセージから白ごまを外し、ウィンナソーセージの上下を逆にし、半円形の弧を描いた部分が上に来るようにしておにぎりに載せ直す。

「はい、できた」

「え〜っ。なんか違う」

「なんで？　この丸い耳とか、クマさんそのものでしょ」

おにぎりを指し時生が言い含めていると、後ろで声が上がった。

「パパー！　お兄ちゃんが歯磨きしないよ」

バタバタという足音が続き、香里奈がダイニングキッチンに駆け込んで来た。こちらも幼稚園の制服姿だが、長い髪を肩に下ろしている。弁当箱をテーブルに戻して時生が振り向くと、もう一つの足音が部屋に入って来た。

「仕方ねえじゃん。お姉ちゃんが、洗面所を使わせてくれないんだもん」

小さな口を尖《とが》らせ、そう訴えたのは長男の有人《あると》、十歳。小柄だが手脚の長い体を、パーカーとジーンズに包んでいる。まず「『仕方ねえ』じゃなく、『仕方ない』って言いなさい」と注意し、時生は開いたままのドアから洗面所を覗《のぞ》く。洗面台の前には、長女の波瑠《はる》が立っている。

「いい加減にしなさい。後が詰まってるんだから」

廊下から声をかけたが、返事はない。波瑠は中学校の制服を着て、真剣な顔で洗面台の鏡を覗いていた。ストレートヘアアイロンを、額《ひたい》に下ろした前髪にあてている。

「もう八時過ぎたぞ。そろそろ出かけないと。遅刻が多いって、先生から」

そう続けた時生の耳に、強い苛立ちを漂わせたため息の音が届く。ヘアアイロンをあてる手は止めない波瑠だが、鏡に映った顔は鬱陶《うっとう》しげにしかめられている。

「波瑠。そういう態度はよくないぞ。言いたいことがあるなら」

首を突き出しつつ極力穏やかに語りかけた直後、香里奈が「お姉ちゃん。髪結んで」と、時生の脇を抜けて洗面所に駆け込んだ。

「また～？」

面倒臭そうに声を上げた波瑠だったが、香里奈が「だって、パパは下手なんだもん」と言うと、ヘアアイロンを洗面ボウルの脇に置いた。香里奈からヘアゴムを受け取って前を向かせ、両サイドの髪を摑《つか》んで束ねる。時生はその慣れた仕草に感心しつつ、まだ十四歳の波瑠が母親代わりをしている姿に、いじらしさも覚えた。

波瑠が髪を結い終えると、香里奈は嬉《うれ》しそうに洗面所を出て行った。時生は言う。

「いつもありがとう。波瑠のお陰で、すごく助かってるよ」

「はあ？　何それ」

「でも、パパの前では強がらなくていいんだぞ」

そう続け、時生は手を伸ばして波瑠の頭をぽんぽんと叩《たた》いた。とたんに、

「ウザっ！　キモっ！」

と返し、波瑠は後ずさった。奥二重の目には、拒絶の色が浮かんでいる。ショックとともに時生が言い返そうとした矢先、スラックスのポケットでスマホが鳴った。取り出して画面を見ると、新着メッセージの通知があり、送信者は「刑事課　井手《いで》さん」とある。

素早くメッセージを読み、時生は「ごめん。行かなきゃ」と身を翻《ひるがえ》した。ダイニングキッチンに入り、つけていた花柄の胸当てエプロンを外す。リビングのソファにエプロンを置いてスーツのジャケットを取った。子どもたちに「パパ、お仕事に行くね」と告げ、踵《きびす》を返した。玄関の手前で足を止め、傍らの部屋のドアをノックして呼びかける。

「仁美《ひとみ》姉ちゃん。後を頼んだよ！」

しかし部屋の中からは、返事どころか物音一つ聞こえない。呆《あき》れながらも、時生は革靴を履いた。三和土《たたき》に並んだ家族の靴をまたぎ、ドアを開けて施錠する。

挨拶を忘れたと気づいたのは、門の外に出てからだった。時生は振り返って小さな二階屋に「行って来ます」と告げ、通りを走りだした。

3

大通りに出ると、車道の端に白いセダンが停まっていた。歩み寄り、時生は開いた窓から車内に声をかけた。

「おはようございます。事件ですか？」

「ああ。現場への通り道だから、お前をピックアップして行こうと思ってな」

「ありがとうございます。運転を代わります」

「おう」

という返事とともにセダンから降りたのは、井手義春《よしはる》。浅黒い肌と禿《は》げ上がった頭、ぎょろりとした目が印象的だ。運転席に乗り込んだ時生は、井手が助手席に着くのを待ってセダンを出した。スーツのジャケットの裾を直し、井手が言った。

「波瑠ちゃんはどうだ？」

「相変わらずですよ。朝から『ウザっ！　キモっ！』って言われちゃいました」

ハンドルを握りながら時生が苦笑すると、井手も顎を上げて笑った。が、すぐ真顔に戻って返した。

「口を利《き》いてくれるだけマシだ。うちの柚葉《ゆずは》は、俺と一緒の時はイヤフォンを外さない」

目に浮かぶようで、時生は眉根を寄せて「ああ」と頷《うなず》いた。五十二歳の井手と三十八歳の時生は楠町西署《くすのきちょうにし》の刑事で、階級は巡査部長。年頃の娘を持つ父親という共通点もあり、時生にとって井手は頼りになる先輩で相棒だ。

二十分ほどで目的地に着き、住宅街の一角にセダンを停めた。井手と降車して通りを進むと、前方に規制線の黄色いテープが見えた。警備の警察官が持ち上げてくれたテープをくぐり、時生たちはさらに通りを進んだ。

間もなく現場に着いた。雑草の生《は》えた広い空き地の中を、両手に白い手袋をはめた刑事たちが行き来している。その奥に見えるのが、横倒しになった赤いコンパクトカー。フロント部分はぐしゃりと潰れ、ルーフもへこんで窓ガラスは割れている。周辺の雑草はなぎ倒され、車の部品やひしゃげた金網フェンスなどが散乱していた。赤いコンパクトカーのさらに奥には、コンクリートで覆われた崖が見える。崖は高さ三十メートル、傾斜四十五度といったところか。

「車の破損状態からすると、ドライバーはよくて重傷、下手すりゃ即死だな」

ややハスキーで鼻にかかった声で言い、井手は崖を見上げた。隣で時生が頷いていると、男女二人が近づいて来た。

「ええ。ドライバーの女性は病院に搬送されましたが、全身を強打してほぼ即死でした」

女の方が無表情に告げ、時生たちの横に立った。上半分が縁《ふち》なしのメガネをかけ、ライトグレーのパンツスーツを着ている。小柄で目鼻立ちも小作りだが、楠町西署刑事課長の村崎舞花《むらさきまいか》、二十九歳。階級は警視だ。

「おはようございます。遅くなりました」

時生は背筋を伸ばして一礼したが、井手は無言で横を向いている。村崎が「おはようございます」と返すと、男の方も口を開いた。

「交通課の実況見分と鑑識係の作業は済んでる。だが不審点があるとかで、刑事課《うち》に臨場の要請があったんだ」

身振り手振りを交え、説明する。背が高く痩せたこの男は、藤野尚志《ふじのひさし》。刑事係長で警部と、村崎に次ぐポスト・階級だが、歳は四十九だ。

「不審点って何ですか？」

向き直って井手が訊《たず》ね、藤野は「先に車を見てくれ」と返して前方に歩きだした。井手も倣い、二人で赤いコンパクトカーに近づいて行く。時生も続こうとしたが、「小暮さん」と村崎に呼び止められた。

「はい」

「本日付で、刑事課に警察官一名が配属されました。アテンドをお願いします」

「この時期に？　珍しいですね」

怪訝《けげん》に思い時生は問うたが、村崎は「よろしく」とだけ告げて藤野たちに続いた。その背中に「わかりました」と返し、時生は辺りを見回した。しかし配属された刑事と思《おぼ》しき人物は見当たらない。首を傾《かし》げつつ空き地を眺め直すと、あることに気づいた。

崖の上に誰かいる。日射しがまぶしくよく見えないが、スーツを着た男のようだ。身を翻し、時生は歩きだした。通りを五十メートルほど進むと、十字路に出た。その一方は急な坂道だ。迷わず、時生は坂道を上った。気温はそう高くないが湿度は高く、坂道を上りきって崖の上の通りに出ると、額に汗が滲《にじ》んだ。そこには住宅が並び、向かいの崖の手前には金網フェンスが張られている。

こちらの規制線のテープもくぐり、時生は通りを進んだ。と、前方にカーブが見え、その手前の路上に黒々としたタイヤ痕が付着していた。赤いコンパクトカーのドライバーは急ブレーキをかけたのか、タイヤ痕は弧を描き、崖に向かっている。周辺には鑑識係の作業の痕跡と思しき、白いチョークの書き込みもあった。

カーブを抜けたあと曲がりきれずに金網フェンスを突き破り、転落したんだな。そう推測し、時生はタイヤ痕の先を見た。金網フェンスがないので、崖とその下の空き地がよく見える。

さっきの人は？　ここに立ってたはずなんだけど。我に返り、時生は左右を見た。そのとき傍らの住宅の門が開き、男が二人出て来た。一人は五十代半ばぐらいで、これから出勤するのかスーツにネクタイ姿でビジネスバッグを提げている。もう一人は黒い三つ揃《ぞろ》いのスーツをノーネクタイでまとい、歳は四十代後半か。

と、三つ揃いの男が顔を上げ、時生ははっとする。さらに男が脇に表紙が深紅のスケッチブックを抱えているのを確認し、時生の胸はどきりと鳴った。

「まさか」

思わず口に出してしまい、それが聞こえたのか三つ揃いの男が振り返った。一瞬きょとんとしてから笑顔になり、男は片手を上げた。

「やあ。久しぶり」

4

大きく息をつき、井手は言った。

「なあ。最近、書類仕事が増えたと思わねえか？」

ノートパソコンのキーボードを叩く手を止め、時生は向かいを見た。

「いえ。前からこんなものだったと思いますけど」

「いいや、増えた。調書だ報告書だと、形式にばっかりこだわりやがって。これだから頭でっかちのエリートは」

「しっ。聞こえますよ」

小声で時生に咎《とが》められ、井手は不満そうに口を閉じて部屋の奥を見た。そこには時生たちのものより一廻《ひとまわ》り大きな机が置かれ、村崎が着いている。村崎は東京大学法学部卒のいわゆるキャリア警察官で、楠町西署の刑事課長にはこの春、捜査現場を経験するための研修で着任した。叩き上げの刑事《デカ》を自任する井手はそれが気に入らないらしく、何かと言えばグチと文句を言う。

「ところで、新入りは？」

話を変え、井手は周囲を見回した。ここは楠町西署の二階にある刑事課で、広い部屋には向かい合って置かれた机の列が三つ並び、二十人ほどの刑事が着いている。ノートパソコンの液晶ディスプレイに視線を戻し、時生は答えた。

「さあ。課長に言われて迎えに行ったんですけど、『この辺をふらふらする』って言っていなくなっちゃいました」

「なんだそりゃ。こんな時期に異動って珍しくねえか？　訳ありだな。だろ？」

全く同じ疑問をさっき時生も村崎に投げかけ、訳ありだなとも思った。しかし井手には「はあ」とだけ返し、報告書の作成を再開した。

と、ドアが開いて藤野がフロアに入って来た。後ろには、男が一人いる。時生ははっとし、井手も「噂《うわさ》をすればだな」と呟《つぶや》く。二人が見守る中、藤野と男は通路を進み、村崎の机に歩み寄った。藤野と二言三言話し、村崎は立ち上がった。そのまま並んだ机の前に進み出て、片手を上げる。「注目」の意思表示らしいが、「みんな、聞いてくれ」と告げたのは、藤野。それが気に障《さわ》ったのか、向かいで井手が鼻を鳴らした。刑事たちが振り向くと、村崎は話しだした。

「午後二時になったので、定例のミーティングを始めます。まず、本日付で配属された警察官を紹介します。南雲士郎《なぐもしろう》警部補です」

そう告げて、村崎は自分の斜め後ろに立つ南雲を指した。刑事たちの視線が動き、拍手が起きた。南雲はそれに「どうも」と応え、顔の横でひらひらと手を振った。「軽いな、おい」と井手が突っ込み、時生は南雲を見つめた。

南雲は三つ揃いを着て脇にスケッチブックを抱えるという、さっきと同じ格好。よく見れば、ジャケットの胸ポケットには真新しい青い鉛筆が一本、差し込まれている。体つきは警察官としては華奢で、髪はクセが強く量も多い。面長で、大きな目と歪みのないまっすぐな鼻が印象的だ。隣に立つ南雲を見て、藤野が補足する。

「南雲警部補は東京藝術大学の美術学部絵画科卒という、異色の経歴の持ち主だ。長らく本庁刑事部で美術品関係の犯罪捜査に関わり、成果を上げてきた。付いたあだ名が、『ダ・ヴィンチ刑事』だ」

最後のワンフレーズに刑事たちはざわめき、それを南雲がにこやかに見返す。と、井手が囁《ささや》きかけてきた。

「そんなご立派な警部補殿が所轄の刑事課に？　やっぱり訳ありだな。そもそも、なんでダ・ヴィンチなんだよ」

「すぐにわかりますよ」

複雑な思いが胸に湧くのを感じつつ、時生は返した。井手が怪訝そうな顔をした時、藤野が言った。

「じゃあ、南雲。着任のスピーチを」

「スピーチですか」

「そう。簡単でいいから、よろしく」

当たり前のように頷いた藤野に、南雲は笑顔のままこう返した。

「僕の敬愛するレオナルド・ダ・ヴィンチは、手記にこう記しています。『歳月より早いものはない』『我々のみじめな時の流れを、虚しく過ごさないようにしよう』と」

その言葉に藤野と刑事たちがぽかんとし、場に沈黙が流れる。と、村崎が言った。

「それはつまり、スピーチは時間の無駄、やりたくないということですか？」

「勘がいいですね」

嬉しげに南雲に返され、村崎も絶句する。すると南雲は、

「ミーティングを続けて下さい。私物が載っているから、僕の席はあそこかな」

と告げ、何か言おうとした藤野を「あ、大丈夫です」と制して歩きだした。

場に戸惑いの空気が流れる中、南雲は通路をすたすたと進んで時生の隣の席に来た。机にスケッチブックを下ろし、脇に置かれた段ボール箱を開けて中身を取り出し始める。それを呆然《ぼうぜん》と眺めていた井手だったが、南雲が取り出したものの中にレオナルド・ダ・ヴィンチの画集や手記、伝記などがあるのに気づき、「マニアかよ」と呟いた。

覚悟を決め、時生は隣に語りかけようとした。が、動揺しながらも藤野が「では、ミーティングを続ける」と告げたので、視線と意識を部屋の奥に戻した。

「葉牡丹町《はぼたんちょう》二丁目の事案だが、崖から転落した自動車を運転していたのは水上結芽《みずかみゆめ》さん、二十九歳だ」

表情を引き締めてそう言い、藤野は手前の席に着いた中年の刑事に目をやった。「はい」と応えて中年の刑事は席を立ち、書類を手に報告を始めた。

「水上さんは小手毬町《こでまりちょう》一丁目のイベント企画会社に勤務。事案が発生したのは本日の午前零時十五分頃で、現場近くを通りかかった会社員・勝田照信さん、五十六歳が携帯電話で救急要請を行いました」

報告を終えて中年の刑事が席に着き、入れ替わりで奥の席の若い刑事が立ち上がった。

「勝田さんは現場に急行した交通課の課員に、事案発生直前に水上さんの自動車を目撃し、崖から転落する音を聞いたと話しています。同時に、『現場に駆け付けたら穴があった』とも証言しました」

「それがうちに臨場要請が来た理由だな。どんな穴だ？」

「幅三メートル、奥行き一・五メートルほどで、自動車が転落した箇所の五メートルほど先の路上にあったそうです。しかし勝田さん立ち会いのもと確認したところ、現場に穴は確認できず、埋めたような痕跡もありませんでした。なお、現場付近に防犯カメラはなく、水上さんの車に、ドライブレコーダーは未設置です」

「じゃあ、確認しようがないな」と藤野が返し、時生は六時間ほど前に現場に行った際、路上に穴やその痕跡はなかったと思い出した。若い刑事が着席し、村崎が口を開いた。

「事案発生時、勝田さんは飲酒後で酩酊《めいてい》初期の状態だったようです。さらに水上さんは仕事が立て込んでおり、このところ毎晩遅くまで残業をしていたとの証言も得ています。よって水上さんは疲労から居眠り運転をし、ハンドルを切り損ねて崖から転落した可能性が高い。本事案は事故であり事件性なしと断定し、その旨交通課に報告を――」

「ふうん」

ふいに上がった声に、村崎は口をつぐんだ。刑事たちの視線が一斉に動き、時生も後ろを振り返った。

南雲は数分前と同じように机の前に立っていた。手にした本に目を落とし、ゆっくりページを捲《めく》っている。その横顔に向かい、村崎は問うた。

「南雲さん。何か？」

すると、南雲は顔を上げた。

「あれ。聞こえちゃいました？　申し訳ありません。どうぞ続けて下さい」

と、にこやかに、しかし申し訳なさは微塵《みじん》も感じられない口調で答え、視線を本に戻す。

その態度に村崎が顔を強《こわ》ばらせ、慌てて藤野が告げた。

「課長。そろそろ会議が始まります……言い忘れたが、小暮。取りあえず南雲と組め」

「えっ⁉」

驚き、椅子から腰も浮かせかけた時生だが、藤野は「以上。解散！」と告げて身を翻した。刑事たちも席を立ったり作業に戻ったりして、部屋に雑然とした空気が戻る。藤野は村崎の後に付き、通路をドアに向かった。それを呆然と見送る時生に、井手が言う。

「そうか。お前には、まだまだ教えたいこともあったんだがなあ」

残念そうな口調だが、からかいのニュアンスが漂っている。しかし反応する余裕はなく、時生は隣を見た。南雲は本を机に置き、段ボール箱から上部にスクリュー形の翼の付いた乗り物の模型を取り出している。高さや角度を変え、いかにも楽しげに模型を眺めるその姿に、時生はため息をついた。

5

前方の信号が赤になり、時生はセダンを停めた。横目で助手席を窺《うかが》うと、南雲は俯《うつむ》いて何かしている。沈黙が流れ、時生は気まずさを覚えた。

藤野にコンビを組めと命じられたものの、いま刑事課はこれといった事件は抱えていない。そこで時生は「パトロールを兼ねて管内を案内します」と南雲に告げ、二人で楠町西署を出た。しばらく逡巡《しゅんじゅん》した後、時生は口を開いた。

「楠町西署は、署員数三百名弱の中規模署です。管内の大半は住宅街で、豪邸が建ち並ぶエリアもあります。かと思うと歓楽街や雑木林、畑もあって、発生する事件も様々——聞いてます？」

言葉を切って問いかけると、南雲は顔を上げ、「ごめん。聞いてなかった」としれっと答えた。呆れた時生だったが、南雲がスケッチブックを手にしているのに気づき、訊ねた。

「それ、例の穴ですか？」

スケッチブックには鉛筆らしき黒い筆記具で、穴の絵が描かれていた。穴は歪《ゆが》んだ楕円《だえん》形で、切り立った縁やあちこちに走るひび割れなど、リアルな筆致もあっておどろおどろしい雰囲気だ。頷き、南雲は答えた。

「うん。僕も勝田さんから話を聞いて、スケッチしたんだ」

「そうだったんですか」

相づちを打ちつつ、時生の頭には崖の上で会った時、南雲といた中年男の姿が蘇《よみがえ》る。

「この穴、面白いよ」

自分で描いた絵を眺め、南雲が言う。時生が横を向くと、南雲も時生を見た。

「絵画にも、穴をモチーフにしたものはある。たとえばカルロス・シュヴァーベの『墓掘り人夫の死』や、ギュスターヴ・クールベの『オルナンの埋葬』。解釈としてはそれぞれ、死の擬人化とか反社会的思想とか言われているけど、この穴はどちらでもないね。この穴から感じるのは、強い怒り。そして形而上《けいじじょう》的な痛みと悲哀《パトス》」

熱っぽい早口で語り、時生に穴の絵を見せる。「はあ」と相づちを打った時生に、南雲はさらに続けた。

「だから勝田さんもそういう精神状態で、それがアルコールの作用と相まって、現場の通りに穴の幻覚を見たと思ったんだ。ところが話を聞くと、勝田さんはつい最近、出向していた会社から本社にカムバックしたらしい。大喜びのやる気満々で、怒りやパトスとはまるで無縁……ね、面白いでしょ？」

目を輝かせて迫られ、時生は「顔、近いです」と訴えた。南雲が身を引き、時生は「どこがですか？」と問い返した。すると南雲は前に向き直って話を変えた。

「行きたいところがあるんだけど」

「どこですか?」

「昼顔町《ひるがおちょう》五丁目」

「構いませんけど、何で」

そう続けかけた時生に笑顔で「よろしく」と告げ、南雲はスケッチブックの絵に見入った。こうなると何を言っても無駄なのはわかっている。理不尽さへの苛立ちが胸に湧いたが押しとどめ、時生はハンドルを握り直した。

十五分ほどで目的地に着いた。通りの端にセダンを停め、時生は訊ねた。

「ここに何があるんですか?」

「水上結芽さんの自宅。あのマンションだよ」

明るく答え、南雲は通りの向かいの建物を指してシートベルトを外した。

「えっ!」

「あ、管理人さんだ。行かなきゃ」

そう続け、南雲はスケッチブックを抱えてセダンを降りた。通りを横切り、マンションの玄関から出て来た年配の男に歩み寄る。「南雲さん、ちょっと」と声をかけ、時生も小走りで後を追った。年配の男の前で足を止め、南雲はジャケットのポケットから出した警察手帳を見せた。

「どうも。こちらに水上結芽さんという女性が住んでいますね。部屋を見せて下さい」

「水上さん、亡くなったんだって？　ニュースで見たよ。でも、事故なんじゃないの？」

そう問いかけ、管理人の男は南雲とその横に駆け寄った時生を見た。ベージュの作業服の上下を着て、手に箒《ほうき》とちり取りを持っている。

「念のためです」

南雲が答え、管理人の男は「そう。じゃあ、いまカギを持って来るから」と告げて玄関に戻って行った。南雲はその後に続き、時生を手招きした。仕方なく、時生も歩きだした。短いアプローチを抜け、ガラスのドアを開けてマンションのエントランスに入った。傍らの壁にステンレス製のポストが並び、向かい側は管理人室だ。管理人の男はドアを開けて管理人室に入り、南雲はドア脇の小窓を開けた。

「水上さんはどんな人でしたか？」

小窓に身をかがめ、管理人室の中に問いかける。時生も隣から覗くと、壁に取り付けられたキーボックスの前に立つ管理人の男が見えた。

「礼儀正しくて、いい人だったよ。ゴミ出しとかもちゃんとしてたし」

「恋人はいました？」

「そんなことまで知らないよ……でも、苦情が来てたな。隣の部屋の人に、『夜中に女と男が言い争う声がして眠れなかった』って言われたよ」

テンポよく答えながら、管理人の男はスラックスのポケットから出したカギでキーボックスを開けた。続けて、南雲が問う。

「それはいつ頃?」

「最近だよ。確か、十日くらい前かな」

「ふうん」

そう呟き、南雲は体を起こした。そこに管理人の男が戻って来て、「はい。三〇八号室だから」とカギを差し出した。

カギを受け取り、南雲と時生はエントランスのドアを開けてマンションの中に進んだ。建物が古いせいか、オートロックではないようだ。エレベーターで三階に上がり、長くまっすぐな廊下を進む。廊下の一方には各部屋のドアが並び、反対側の腰壁の向こうには、外の通りと時生たちのセダンが見える。

と、腰壁の中ほどに設えられたコンクリート製の階段から、人影が現れた。若い男で、背が高くがっちりした体を白いTシャツと黒いダメージジーンズに包み、肩に黒いリュックサックをかけている。男も廊下を奥に向かって歩きだし、時生と南雲はその後ろ姿を眺めながら前進した。

間もなく、若い男は奥の三〇八号室の前で立ち止まった。足を速め、時生は警察手帳を掲げて声をかけた。

「すみません。水上結芽さんのお知り合いですか？」

「そうですけど」

「失礼ですが、どういったご関係でしょう？」

「どうって……何かあったんですか？」

時生とその後ろからやって来た南雲に目をやり、若い男は問い返した。浅黒い肌に、サイドを刈り上げた明るい茶色のツーブロックヘア。肩にかけたリュックサックはナイロン製で、前面に白く大きな英文字が入っている。若者に人気のストリートブランドのロゴだ。

一呼吸置き、時生は答えた。

「残念ですが、水上さんは亡くなりました」

「マジ⁉」

声を上げて目を見開き、若い男は「いつ？　なんで？」と続け、時生の顔を覗き込んだ。

「今日の午前零時過ぎで、自動車の運転中でした」

「じゃあ、事故？　何だよ、それ」

眉根を寄せて俯き、若い男はリュックサックを床に下ろしてうずくまった。ショックを受けた様子だが、俯く直前、男の目に焦りの色が浮かんだのを時生は見逃さなかった。すると、南雲が口を開いた。

「どうも。南雲士郎です。あなたは?」

唐突な自己紹介に、若い男が顔を上げた。にこやかに自分を見下ろす南雲に、若い男は戸惑いながらも答えた。

「本宮俊吾《もとみやしゅんご》」

「本宮さんは水上さんの元カレ? 彼氏なら、亡くなったのを知ってるはずだからね」

「ええ。先週別れました。だから、合いカギを返しに来たんですけど」

そう答えて立ち上がり、本宮はダメージジーンズのポケットからステンレス製のカギを出した。

「わかりました。念のために、連絡先を教えて下さい」

そう時生が乞うと、本宮はダメージジーンズのヒップポケットから名刺入れを出し、名刺を抜き取った。受け取って見た名刺には「select shop EYES」とあり、肩書きは「owner」。店の住所は渋谷《しぶや》だ。

「セレクトショップをご経営ですか。これも念のためですが、今日の午前零時頃はどちらに?」

「店の近くのクラブで、仲間と飲んでいました」

そう力のない声で返し、時生が「わかりました。ご協力ありがとうございます」と会《え》釈《しゃく》すると、ふらふらと廊下を歩きだした。それを「ちょっと待って」と南雲が止め、抱

えていたスケッチブックを開いた。そして時生が止める間もなく、

「これ。知ってる？」

と訊ね、さっき自分で描いた穴の絵を見せた。一瞥した本宮は怪訝そうに「知りませんけど」と答え、歩きだした。すると南雲はスケッチブックを閉じて三〇八号室のドアの前に進み出た。借りたカギで解錠し、当然のようにドアを開けて玄関に入る。

「部屋には上がらないで下さい。さすがにまずいですよ」

慌てて告げ、時生も後に続く。と、南雲は狭い三和土に立ち、部屋の中を見ていた。家探しをすると思っていたので拍子抜けし、時生も部屋の中を観察した。

六畳ほどのワンルームで、手前の壁際に小さなクローゼットとシステムキッチンがあり、その奥にシングルサイズのベッドとローテーブル、液晶テレビが載った棚が置かれていた。ベッドの上には衣類が脱ぎ棄てられ、フローリングの床にも書類や雑誌が散らばっている。

水上さんは仕事が立て込んでいて、このところ毎晩遅くまで残業をしていたと課長が言ってたな。時生がそう思った矢先、隣で「ふうん」と声がした。見ると、南雲は部屋の一点を凝視している。視線を追った時生の目に、液晶テレビが載った棚が映る。白い合板製で本や映像ソフト、雑貨などが詰め込まれている。その中には、本宮のリュックサックと同じストリートブランドのロゴ入り置き時計とペンケースがあり、棚の上にはキャップとウエストポーチも載っていた。

「本宮さんからのプレゼントでしょうか。あのブランド、若い子にすごい人気だけど高いんですよね」

時生はそうコメントしたが、南雲は無言。くるりと身を翻し、ドアを開けた。管理人にカギを返し、礼を言ってマンションを出た。セダンに戻ると、南雲は告げた。

「次は小手毬町に行こう」

「水上さんの勤め先ですか？　ダメです」

運転席に着き、シートベルトを締めながら時生は却下した。きょとんとして、南雲は問うた。

「なんで？　小暮くんも、引っかかるものを感じたんでしょ？」

「ええまあ」

つい正直に答えてしまうと南雲は「やっぱり」と笑い、こう続けた。

「じゃあ行こうよ。いいじゃない。帰り道だし」

「ダメです」

「あっそう。じゃあ、僕一人で行こうかな」

そう告げて、南雲は助手席のドアを開けようとした。慌てて、時生は「それはもっとダメ」と止めた。頭を巡らせ、隣に告げる。

「わかりました。行きます。でもあくまでも案内の一環、寄り道ですから。それと、誰かに穴の絵を見せるのは禁止」

「これも捜査の一環だよ。さっきも言った通り、この穴は怒りとパトスの象徴で」

スケッチブックを手に語りだそうとした南雲に「シートベルトを締めて下さい」と告げ、時生はセダンのエンジンをかけた。

6

小手毬町に着いた頃には、陽《ひ》が傾き始めていた。水上の勤務先は、古い平屋の戸建だ。コンクリート製の門柱には、「日高《ひだか》」と「(株)マイ企画」の二つの表札が取り付けられていた。敷地の脇の駐車場には、白いワンボックスカーが停まっている。

時生がインターホンのボタンを押すと、ややあって玄関のドアが開いた。顔を出したのは三十代半ばぐらいの女で、スマホを耳に当てて誰かと話している。

「突然すみません。日高舞子《まいこ》さんですか？　少しお話を伺わせて下さい」

警察手帳を見せて会釈した時生に、日高は「ええ。何とかします」と電話の相手に告げながら頷き、玄関から出て来た。そしてそのまま「はい。ちょっと時間をいただければ」と通話しながら門扉を開け、手振りで時生と南雲に家に入るよう促した。

日高の後に付いて玄関に入り、三和土で靴を脱いだ。先に玄関に続く廊下に上がった日高は、「すみません」と繰り返して頭を下げ、通話を終えた。憔悴《しょうすい》したような顔で時生たちに向き直る。

「申し訳ありません。ゴタついていて」

「大変ですね。水上さんの事故の影響ですか？」

時生の問いかけに日高は「ええ」と返し、廊下を歩きながら続けた。

「取引先のみなさんが、ニュースで事故を知ったらしくて。社員二名の会社ですから」

三人で廊下を進み、奥の部屋に入った。小さなキッチンがあるダイニングで、四人がけの白いテーブルが置かれ、隣は庭に面した十畳ほどのリビングだ。日高は時生たちに椅子を勧め、壁際の冷蔵庫に歩み寄った。小柄で、黒いブラウスに黒いスラックスという格好だ。

「お構いなく。すぐに失礼しますから」

手前の椅子を引き、時生は告げた。冷蔵庫からペットボトルの緑茶を出しながら、日高が「はい」と返す。

「いろいろあるなあ。見てもいいですか？」

リビングを指し、南雲が問うた。そこにはパソコンの液晶ディスプレイが載った机と棚、デジタル複合機が並び、脚立《きゃたつ》やカラーコーン、大工道具なども置かれている。

「ダメです。まずは、日高さんのお話を聞いて」

時生はそう囁きかけたが、日高は「どうぞ」と促す。「やった」と目を輝かせ、南雲はスケッチブックを抱えてリビングに向かった。諦《あきら》めて時生が椅子に座ると間もなく、日高は緑茶を注いだグラスをテーブルに運んで来た。

「こちらは日高さんのご自宅兼オフィスですか？」

「はい。親戚の家なんですけど、住む人がいなくなったので使わせてもらっています」

テーブルの時生の前とその横にグラスを置き、日高が言う。「なるほど」と頷き、時生はスーツのポケットから手帳とペンを出した。

「イベントの企画会社なんですよね。水上さんはいつから勤められていたんですか？」

「三年前。会社を立ち上げた時からです。ずっと二人でがんばって来たんですけど」

うなだれて答え、日高は時生の向かいに座った。美人ではないが清楚《せいそ》な顔立ちで、長い髪を頭の後ろで束ねている。時生は「残念ですね」と返し、話を変えた。

「水上さんは昨夜何時頃こちらを出ましたか？」

「午後十時過ぎです。日を改めたかったけど、スケジュールが差し迫っていて。今うちは木槿町《むくげちょう》にある、ホテルカシェットのイベントの準備をしています。私が他の作業で手が離せなかったので、水上さんに行ってもらいました」

「そうでしたか」と返しつつ、時生は頭を巡らせた。ホテルカシェットは、古い洋館を改築した高級ホテルだ。客室数は六十ほどだが、趣《おもむき》のある佇《たたず》まいは人気がある。水上がホテルカシェットから自宅マンションに帰ったのなら、事故現場の通りを使うと近道になる。

「水上さんに変わった様子はありませんでしたか？　最近、恋人と別れたと聞きましたが」

そう時生は切り出し、日高は答えた。

「そうだったんですか。言われてみれば、少し悩んでるような様子はありました。仕事が一段落したら話を聞こうと思ってたんですけど、とにかく彼女はモテるから。美人で明るくて、人付き合いも上手いんです」

後半は誇らしげな口調になり、薄く微笑む。「そうですか」と返した時生の頭に、刑事課の資料に添付されていた水上の写真が浮かぶ。目鼻立ちのはっきりした美人で、意志の強そうな大きな目が印象的だった。

「少し悩んでるような様子というのは、たとえば？」

時生が一歩踏み込み、日高は頭を巡らせるような顔をした。と、プピー！　と細く甲高い音がして、日高と時生はリビングを見た。視線に気づいたのか、壁際の棚の前に立った南雲が振り向く。

「失礼。構わずに続けて」

クマかイヌのぬいぐるみを手に告げ、棚に向き直る。ぬいぐるみは何かのイベントのグッズで、中に鳴き笛が入っているのだろう。リビングには、他にもイベントで使ったと思しき看板や幟旗《のぼりばた》、着ぐるみの頭部などが置かれていた。

「すみません。で、いかがですか?」

謝罪して前に向き直り、時生は話を再開した。「いえ」と日高も視線を戻した矢先、今度は「ははは」という笑い声がリビングで上がった。息をつき、時生は手帳を閉じて立ち上がった。

「ちょっと、南雲さん」

苛立《いらだ》ちを抑えながら言い、棚の前に行く。改めて見ると南雲は、「ミスたぬき町商店街グランプリ」と文字の入った白いたすきを体に斜めがけにし、壁に飾られたフォトフレームを眺めている。時生も目を向けると、そこには写真が収められていた。写っているのは日高と水上で、旅行先で撮影されたものなのか、日高は赤、水上は黄色いアロハシャツを着て腕を組み、楽しそうに笑っている。フォトフレームは他にもあり、イベントの現場で撮影されたものが多い。と、「おっ」と呟き、南雲がダイニングを振り返った。

「日高さん。作業服が似合いますね」

そう問いかけ、別のフォトフレームの写真を指す。写っているのは淡い緑色の作業服を着て頭に黄色いヘルメットをかぶった日高で、他に四、五人の男女がいた。男女の後ろには黒々としたアスファルトと、そこに描かれたカラフルな矢印の路面標示も写り込んでいた。「嫌だ。恥ずかしい」と言って席を立ち、日高もリビングに来る。南雲が指す写真を見て答えた。

「私は五年前まで、道路標識や路面標示を製造販売する会社に勤めていました。施工に立ち会うこともあって、その時の記念写真です」

「なるほど。いい写真ですね。ヘルメットもよくお似合いで」

相づちをうちつつ、南雲が返す。作業服とヘルメットが似合うって、褒めてるつもりか？　呆れながらも日高の反応が気になり、時生は隣を見た。「ありがとうございます」と頬を緩めた日高だが、すぐに真顔に戻って告げた。

「水上さんと知り合ったのは、会社を辞めてフリーターをしていた時です。歳は五つも離れていますけど気が合って、一緒に起業しました。商店街の福引きから始めて、大きな企業や一流ホテルのイベントを任せてもらうまでになったんです。なのに……私が無理をさせたから」

声を絞り出すように言い、俯いて肩を震わせ始める。胸が痛み、時生は返した。

「辛《つら》いかもしれませんが、気持ちを強く持って今を乗り切って下さい。水上さんもそれを望んでいるはずです」

すると日高が顔を上げたので、時生はイベント会場で撮影されたらしき写真を指した。どれからも、日高と水上が仕事を楽しみ、熱意を持って取り組んでいるのが伝わってくる。写真に目を向けた後、日高は時生を見返し、「はい」と頷いた。

7

その後しばらくして、時生と南雲はマイ企画を出た。楠町西署に戻り、刑事課に向かった。自分の席に着こうとした南雲を時生が促し、一緒に村崎の机まで歩く。

「課長。ご報告したいことがあります」

そう声をかけると、村崎は読んでいた書類から顔を上げた。机の前に立つ時生、その斜め後ろの南雲の順に見て問う。

「何でしょう？」

それから時生は、南雲に管内を案内する道すがら偶然水上結芽の自宅前を通りかかり、水上の元恋人・本宮俊吾と会ったこと、さらにたまたまマイ企画の近くに行ったので、日高舞子とも話したことを伝えた。

「『偶然』『たまたま』ですか？」

話を聞き終えるとまず、村崎は訊ねた。「はい」と返し、時生は背筋を伸ばした。わずかな沈黙の後、村崎が「それで？」と促したので時生は先を続けた。

「本宮俊吾、二十八歳。身元照会をしたところ前科《まえ》はありませんが、不審点があります。まず亡くなったと報《しら》せた際、焦るような様子がありました。また、本宮は水上さんの部屋に入ろうとしていました。合いカギを返すだけなら、エントランスのポストに入ればいいはず。元恋人なら、平日の昼間は水上さんが不在だと知っていたでしょうし」

「私物を回収しようとしたのでは？」

「それはあり得ます。しかし勤務先の社長が、亡くなる前、水上さんには悩んでいる様子があったと話しています。水上さんの事故に本宮が関わっている可能性は、ないでしょうか」

まっすぐに村崎を見て、時生は語りかけた。南雲に無理矢理連れて行かれはしたが、本宮に会い、日高から話を聞いて、時生の違和感と疑問は確かなものになった。その南雲は、スケッチブックを手に所在なげに周りを見ている。と、脇から藤野が近づいて来た。

「何を言ってる。この事案は昼間のミーティングで、村崎課長が事故で事件性なしと断定しただろう。お前、課長に恥をかかせる気か？」

強い口調で問いかけ、時生を睨《にら》む。時生は「いえ、そんなつもりは。申し訳ありません」と頭を下げた。が、藤野はさらに何か言おうと身を乗り出した。その矢先、

「知ってます？　人に恥をかかせる気か？　と騒ぐことこそ、その人に恥ずかしい思いをさせることになるって」

と告げ、南雲が進み出て来た。はっとして体を起こした時生の目に、藤野に微笑みかける南雲が映る。同時に、部屋にいる刑事たちがこちらのやり取りを見守っているのに気づ

いた。たじろいだ藤野だったがすぐ険《けわ》しい顔に戻り、言葉を返そうとした。それを遮るように、村崎が口を開く。

「事故発生時の本宮のアリバイは？」

「渋谷のクラブで飲んでいたそうですが、相手は仲間です」

視線を村崎に戻し、時生は答えた。「なるほど」と呟き、村崎は告げた。

「いいでしょう。調べてみて下さい……お手並み拝見ですね」

最後のひと言は、南雲を見て言う。「お手柔らかに」と笑顔のまま返し、南雲は身を翻して歩きだした。一方時生は捜査を許可されて胸が弾み、「ありがとうございます」と村崎に一礼した。時生も歩きだすと、入れ替わりで藤野が村崎の机に歩み寄った。

さっそく捜査の段取りを考えながら通路を戻る時生に、「すみません」と男が声をかけて来た。

「剛田《ごうだ》くん。どうかした？」

「今夜、南雲さんの歓迎会をやるつもりなんですけど、いつもの居酒屋で大丈夫ですか？」

剛田力哉《りきや》巡査長は刑事課の新人で、歳は二十六。名前は雄々《おお》しいが、本人は細身で色白のイケメン。しゃれたスーツに身を包み、髪はさらさら、肌はすべすべ、爪までつやつやだ。「趣味は美容。むさくて怖い刑事のイメージを変えたい」という目標はさておき、職務にも熱心で、流行《はや》りものやITに強い。

「せっかくだけど、やめておいた方がいいよ」

時生の答えを聞き、剛田はきょとんとしてさらに問うた。

「何でですか？　おしゃれなレストランの方がいいとか？」

「いや。南雲さんは飲み会には一切参加しないから。自分が主役だとか、何かのお祝いだとかは関係なし。そういう人なんだ。休日の遊びや署のサークルも、誘うだけ無駄だよ」

「そこまで徹底してると、逆に気持ちがいいですね。僕、好きかもです」

小首を傾げて語った後、剛田は「ていうか、よく知ってますね」と不思議そうな顔をした。時生は笑ってごまかし、「じゃあ」と言って歩きだした。通路の先に見える南雲の席には既に主《ぬし》の姿はなく、スケッチブックもなくなっている。時生が自席に着くのを待ち構えていたように、向かいで井手が言う。

「警部補殿、やるな。課長の腰巾着《こしぎんちゃく》の係長を黙らせた」

「腰巾着って。言い過ぎですよ」

部屋の奥を気にしながら時生が返すと、井手は話を変えた。

「小耳に挟んだんだが、警部補殿と組んで仕事をしたことがあるんだって？　お前も、以前は本庁の捜査第一課《ソウイチ》でバリバリやってたんだもんな」

小耳に挟んだんじゃなく、調べたんでしょ。突っ込みは浮かんだが、いずれ知られることだと頭を切り替え、時生は笑顔で返した。

「昔の話ですよ」

8

牛乳、イチゴジャム、焼肉のタレ……。

エコバッグの口を開き、時生は中身を覗いた。買い忘れがないのを確認し、「よし」と呟いてエコバッグを片手に提げ直す。顔を上げ、外灯に照らされた通りを歩き続けた。時刻は午後八時前で、傍らに建つ家からはテレビの音声が漏れ流れてくる。

家の前に着き、門扉を開けて玄関に進んだ。片手でノブを摑んで廻すと、何の抵抗もなくドアは開いた。またか。がっくりとうなだれながらも「ただいま」と声をかけ、時生は家に入った。とたんに奥のドアが開き、「パパ！」「おかえり」と絵理奈と香里奈が廊下を駆け寄って来た。二人ともパジャマ姿で髪を肩に下ろしている。

「ただいま。お風呂入った？　ご飯は？」

靴を脱ぎながら問いかける。絵理奈が「入った」と頷き、香里奈が「食べた。ハンバーグ」と答える。「よかったね」と返し、時生はまとわりつく双子と一緒に廊下を進み、ダイニングキッチンに入った。「ただいま」と声をかけ、テーブルにエコバッグを載せる。

「おかえり！」

隣のリビングで、元気のいい声が応える。奥の液晶テレビの前の床に有人が座り、ゲームをしている。ワンテンポ遅れて、

「お疲れ」

という愛想も抑揚もない声を返したのは、手前のソファに座った女。俯いてスマホを弄《いじ》っている。時生の姉・仁美だ。まず有人を「テレビに近すぎるぞ」と注意し、時生は仁美の背中に告げた。

「姉ちゃん。また、玄関のドアのカギをかけ忘れてたよ」

「あっそう。家の中に人がいるんだからいいじゃん」

スマホを弄り続けながら仁美が返す。エコバッグの中身をテーブルに出し、時生はさらに返した。

「ダメだよ。居空《いあ》きっていって、住人が在宅中でも侵入する泥棒はいるんだから」

すると仁美は顔を上げ、くるりと振り向いた。

「でもさ、ドラマなんかだと『ただいま〜』ってドア開けてるじゃん。カギがかかってる家なんて、見たことないよ」

「何だよ、その理屈」と呆れながらも、時生も仁美を見て応えた。

「ドラマはドラマ。時間がもったいないとか、事情があるんだろ。とにかくカギはかけて。現役の警察官の家が泥棒に入られたりしたら、ご近所に示しが付かないから」

すると仁美は時生を睨み、舌をべえと出してスマホに視線を戻した。子どもかよ。思わず言ってやりたくなった時生だが、双子が「牛乳飲みたーい」と寄って来たので堪《こら》える。

仁美は四十一歳。離婚をきっかけに時生の家に押しかけてきて以来、家事と子どもたちの世話をするという名目で一緒に暮らしている。しかしもともとガサツでズボラな性格のため、役に立たない。そこそこ整った容姿なのに、いつもすっぴんで髪はボサボサ。着ているものも、色の褪《あ》せたスウェットの上下だ。

双子のためにグラスに牛乳を注いでいると、波瑠がダイニングキッチンに入って来た。ピンク色のTシャツにデニムのハーフパンツという格好で、手に空のグラスを摑んでいる。グラスをシステムキッチンの天板に置き、冷蔵庫からペットボトルのオレンジジュースを取り出すその横顔に、時生は言った。

「波瑠、ただいま」

「……ああ」

振り向きもせずにそれだけ返し、波瑠はペットボトルを出してグラスの脇に置いた。

「ただいま」には、「おかえり」だろ。また言ってやりたくなった時生だが、「口を利いてくれるだけマシだ」という井手の言葉を思い出し、家族に告げた。

「じゃあ、パパは部屋に行くね。夕飯は食べて来たし、お風呂は寝る前に入るから」

「やだ〜」

「パパと遊ぶ」

牛乳入りのグラスを手に、双子が訴える。と、また仁美が振り向いた。

「絵理奈も香里奈も、おばちゃんと遊ぼう。パパはお勉強。来年こそ警部補の昇任試験に合格しないと、ご近所に示しが付かないから」

最後のワンフレーズを当てつけがましく言い、ひひひと笑う。むっときた時生だったが、

「パパ、がんばるから」と双子に笑顔を向ける。双子が仁美のもとに行き、時生はドアに向かった。すると後ろから波瑠に、

「がんばっても、ママは戻って来ないよ」

と言われた。低く小さいが、尖った声だ。立ち止まり、時生は振り返った。グラスにオレンジジュースを注ぐその背中に何か返そうと口を開いたが、言葉が浮かばない。無力さと悔しさが胸を突き上げ、負い目も感じた。その全てを吞み込み、時生は前に向き直ってドアを開け、ダイニングキッチンを出て二階に上がる。短い廊下の手前が時生の部屋だ。ドアを開けて明かりを点け、部屋に入った。広さは六畳で、壁際にベッド、奥の窓の前に机と椅子が置かれている。室内を進み、時生はまず窓を開けた。外気が入って来て、むっとしていた部屋の温度が下がるのがわかる。

視線を落とし、時生は机上のノートパソコンとその前に広げた警部補昇任試験の問題集とノートを見た。しかしすぐに視線を動かし、壁に立てかけられた金属製の細く長い棒を

取って身を翻した。部屋の中央に移動し、天井を見上げる。天井の一角には縦一メートル、横五十センチほどの扉が作り付けられていて、そこには丸い穴の開いた金具がはめ込まれている。小屋裏収納の出入口だ。

時生は腕を上げ、扉の金具の穴にL字型に曲がった棒の先端を引っかけて手前に引いた。乾いた音を立てて扉が開き、裏に折りたたんで収納されていたアルミ製の梯子《はしご》が現れる。両手で梯子を摑んで伸ばし、床に下ろす。梯子の一段目に片足をかけてから振り向き、耳を澄ました。階下から子どもたちの声や物音は聞こえるが、この部屋にやって来る気配はない。

よし。心の中で呟いて気持ちを切り替え、時生は梯子を踏んで小屋裏収納に上がった。

9

店に入ったとたん、淹《い》れたてのコーヒーの香りに包まれた。立ち止まって目を閉じ、南雲士郎はその香りを堪能した。テンションが上がり思考がクリアになるのを感じながら、店のカウンターに歩み寄る。

「おはようございます。ご注文をどうぞ」

笑顔で一礼し、白いブラウスに緑色の胸当てエプロンをつけた店員の若い女がメニューを差し出した。「おはよう」と返してメニューは見ず、南雲は告げた。

「トール、ラテ、ホットをテイクアウト。ノンファット、ライトホット、ノンシロップ、エクストラフォーミーで」

「承知しました。少々お待ち下さい」

そう返し、若い女は後ろの厨房《ちゆうぼう》スタッフに、「トール、ラテ、ホット、テイクアウト。ノンファット、ライトホット、ノンシロップ、エクストラフォーミー」と滑舌よく、息継ぎなしで告げた。代金を支払い待っていると、間もなく蓋付きの紙コップに入ったラテが出来上がった。受け取った南雲は、その場でラテを一口飲む。紙コップを下ろし、カウンターの向こうに伝える。

「完璧だね」

「ありがとうございます。行ってらっしゃいませ」

嬉しそうに返す若い女に見送られ、南雲は歩きだした。

多分ここはいい街だ。そう予感し、新たな配属先での職務に期待も湧く。朝から客で賑《にぎ》わうテーブルの間を抜け外に出た。と、誰かに見られているような気がして、南雲は立ち止まって左右を見た。

オフィス街の大通りを、大勢の人が行き来している。男性は夏物のスーツ、女性は半袖姿が目立つ。しかしこちらに目を向ける人はおらず、気のせいかと歩きだそうとした矢先、

「南雲さん」

と呼ばれて横を向いた。コーヒーショップのテラス席に若い男女がいて、男の方が手を振っている。誰だかさっぱりわからなかったが、笑顔で「やあ」と手を振り返す。

「おはようございます。刑事課の剛田です」

腰を浮かせて男が会釈する。それでもさっぱりわからなかったが、南雲は「おはよう」と応えてテラス席に近づいた。テーブルの向かいを指し、剛田が言う。

「刑事課の事務担当の、瀬名花蓮《せなかれん》さんです」

「はじめまして。瀬名です」

紹介を受け、瀬名というらしい若い女も腰を浮かせて会釈した。「どうも」と返した南雲は、テーブルに美容雑誌や化粧品のパンフレットが載っているのに気づいた。

「メイクが好きなの？　なら、絵画を見るといいよ。すごく参考になる」

テーブルを指して言うと瀬名は驚いたような顔をしたが、剛田は「そうなんですか？」と身を乗り出してきた。「そうそう」と返し、南雲は紙コップをテーブルに置いて空いていた椅子に座った。

「たとえば、フェルメールの名画『真珠《しんじゅ》の耳飾りの少女』」

「知ってます。頭に青いターバンを巻いた、可愛い女の子の油絵ですよね」

剛田が反応し、南雲は「その通り」と頷いて続けた。

「フェルメールは光の画家とも言われていて、陰影の美しさには定評があるんだ。この絵も少女の鼻と額の中央にツヤ感を出し、顎のラインにはシェーディングを入れている」

「そういうメイク、流行ってますよ」

瀬名も反応し、身を乗り出す。丸顔で、そこに並んでいるパーツも丸い。

「他にも陶器を思わせる白い肌とか、輪郭をぼかし、下唇にツヤとボリュームを持たせた赤い唇とか。韓国のアイドルやアーティストに、多いメイクでしょ?」

そう問いかけると、剛田は目を輝かせてこくこくと頷き、瀬名は「『真珠の耳飾りの少女』、検索します!」と言ってスマホを出した。満足し、南雲はスラックスの脚を組んで紙コップを口に運んだ。

「南雲さん」

また名前を呼ばれ、振り向いた南雲の目に地味なスーツを着た小柄な男が映る。紙コップを下ろし、南雲は男に笑いかけた。

「小暮くんか。おはよう。きみもお茶しに来たの?」

「おはようございます。なに言ってるんですか。じきにミーティングが始まりますよ。それに、ここは僕には贅沢《ぜいたく》です。コーヒー一杯、三百円でしたっけ?」

「三百五十円です」

剛田が答えたとたん、時生は顔をしかめた。

「高っ！　それって税込み？　税抜き？　そこのコンビニなら、税込み百十円だよ」

そう主張し、通りの向こうを指す。場に白けた空気が漂い、「じゃあ、お先に」と剛田と瀬名が立ち上がってテーブルを離れた。紙コップを片手に南雲も続く。並んで通りを歩きだすと、時生は言った。

「課長の許可も下りたし、今日から水上結芽さんの事故を捜査しましょう。手始めに、本宮俊吾のアリバイの裏取りをしますか？」

「気が乗らないなあ。他に行きたいところもあるし」

「気分で捜査するのはやめて下さい。南雲さん、相変わらずですね」

表情を硬くして、時生が言う。南雲が「そう？」と笑うと、時生は「そうですよ」と返して顔を向けた。

「藤野係長は『取りあえず』と言ってたし、このコンビは一時的なものだと思います。でも、二人で動く以上は協力し合ってルールを遵守した捜査をしましょう。昔のようにはいきませんよ」

強い口調と眼差しから、時生が本気だとわかる。しかし南雲はつい、「昔って、そんな大袈裟《おおげさ》な」と返してしまう。顔を険しくし、時生が応える。

「昔ですよ。二人であの事件を捜査したのは、十二年前です」

「そんな気がしないな。小暮くん、若いままだから」

「どうせ童顔ですよ……とにかく、昔とは違いますから」

ふて腐れたように呟いてから顔を引き締め、時生は足を速めた。「昔」と連呼されたせいか、南雲の脳裏をある映像がよぎった。複数の絵画だ。

ジョット・ディ・ボンドーネの「最後の審判」、ジョン・エヴァレット・ミレイの「オフィーリア」、ジャック＝ルイ・ダヴィッドの「マラーの死」、そしてエドゥアール・マネの「自殺」……。続いて時生の言う、二人で捜査したあの事件のフラッシュバックが始まりかけた矢先、前を行く時生に「行きますよ」と促された。知らず立ち止まっていたらしく、南雲は手を上げて応え、歩きだした。

10

前方に石造りの背の高い門柱が見えて来た。セダンのハンドルを切り、時生は門柱の間から敷地に入った。短く急な坂を上ると、正面にホテルカシェットの本館が現れた。大きく古い洋館で、外壁は色褪せた赤いレンガで切妻《きりづま》屋根は灰色。建物の左右に三角屋根の塔を擁している。フロントガラス越しに本館を眺め、南雲は言った。

「左右対称《シンメトリー》かつ直線的。典型的なルネッサンス様式だね」

「築百年近いそうですよ。木槿町のこの辺りは古くからのお屋敷街で、ここも旧華族の別宅だったとか」

「クロ・リュセ城を思い出すなあ。知ってる？　レオナルド・ダ・ヴィンチ終焉《しゅうえん》の地で、フランスのアンボワーズにあるんだけど」

テンションを上げ、南雲が語る。それがここに来たがった理由か。そう察し、呆れた時生だったが、「知りません」とだけ返し、セダンを本館の前の駐車場に停めた。

二人で楠町西署の刑事課に出勤して間もなく、朝のミーティングが始まった。そこで村崎が水上結芽の事故にはいくつか不審点があること、それを時生たちが捜査をすることを伝え、手が空いている者は協力するように告げた。すると井手が本宮のアリバイの裏取りを申し出てくれたので、時生たちはホテルカシェットに向かった。

時生がシートベルトを外していると、南雲が言った。

「井田《いだ》さんだっけ？　彼に水上さんの自宅に注意するように言った方がいいよ」

「井手さんです……注意って、張り込めって意味ですか？」

「まあ、そんなところ。あ、向こうに庭園があるね」

そう返し、南雲はセダンを降りた。駐車場を出て通路を横に行こうとしたので、「こっちです」と告げて正面に向かわせる。短い階段を上がり、二人で本館に入った。

本館一階のロビーは広々として、こちらの壁もレンガ張りだった。茶色の革張りのソファと大理石のテーブルがいくつか置かれ、奥には大きな暖炉もある。目を輝かせてそれらを眺め、南雲がロビーに進み入る。一方時生はロビーの手前にあるフロントに向かい、スタッフに警察手帳を見せて来訪の目的を告げた。南雲に言われたことを念のために井手にメッセージを送信していると、ロビーの奥からスーツ姿の男がやって来た。

「副支配人の羽場《はば》と申します」

そう告げて一礼した羽場は歳は六十間近といった感じだが、髪を整え、背筋がぴんと伸びていて若々しい。返礼し、時生は話しだした。

「お忙しいところ申し訳ありません。水上結芽さんの事故を調べています。水上さんは亡くなる前、こちらと仕事をされていたと聞きましたが」

「ええ。マイ企画さんとは二年ほどのお付き合いで、小さなイベントやフェアの企画運営をお願いしていました。その仕事ぶりが素晴らしいので、今年の夏の開業五十周年イベントをお任せすることにしたんです」

「そうでしたか。記念イベントの担当の方にお話を伺えますか？」

「はい。今ちょうど、厨房に集まっています。こちらにどうぞ」

羽場は言い、フロントを指さして歩きだした。南雲を促し、時生も後に続く。

羽場に続き、フロント後方のドアからバックヤードに入った。角をいくつか曲がると、広い通路に出た。左右にキャスター付きのワゴンや折りたたんだテーブルなどが置かれ、天井には配管パイプが走っている。そこを様々な制服やスーツ姿のスタッフが行き来していた。

しばらく進むと、羽場は「こちらが厨房です」と傍らを指した。ステンレス製の流し場やコンロ、作業台などがずらりと並び、白いシェフコートにシェフ帽子姿のスタッフが立ち働いている。その後ろを羽場、時生、南雲の順で抜け、奥に進んだ。突き当たりのドアの前に一際大きな作業台があり、周りに三人の男女が立っていた。

「彼らがイベントのプロジェクトチームです。斬新なイベントにしたいので、若いスタッフを集めました……こちらは刑事さん。水上さんの事故を調べているそうだ」

テーブルの前で立ち止まった羽場が、前半は時生と南雲、後半は三人に告げる。

「お仕事中すみません。楠町西署の小暮と南雲です」

進み出て自分と隣を指し、時生は一礼した。三人が会釈を返し、羽場が、スーツ姿の男性は広報課の恩田諒太《おんだりょうた》、シェフコートを着た女性はホテル内にあるフレンチレストランのスーシェフ・酒井菜穂《さかいなほ》、腰にギャルソンエプロンを締めた男性はホテルのカフェのギャルソン・花江心平《はなえしんぺい》だと紹介してくれた。それから、羽場は来客の予定があると厨房を離れ、時生は聞き込みを始めた。

「水上さんはイベントの企画と運営を請け負っていたんですよね。どんな方でしたか？」

「真面目で熱意に溢《あふ》れた方でした。日高さんと一緒に、イベントを盛り上げようとがんばってくれていました」

そう答えたのは恩田だ。面長で黒いプラスチックフレームのメガネをかけている。その隣で、小柄で小太りの花江も言った。

「頭の回転が早くて、こちらが無茶なお願いをしても『じゃあ、これはどうですか?』と対応してくれました」

「すごく気さくで明るくて、お話ししていると楽しいし刺激になりました。だから事故のことはすごくショックで、まだ信じられません」

最後に髪をショートカットにした酒井も言い、眉根を寄せる。場に重たい空気が流れる中、南雲が口を開いた。

「どんなイベントなんですか?」

「レストランやバーのスペシャルメニューと記念の宿泊プラン、ロビーでのトークショーやピアノコンサートなどを予定しています」

恩田が答え、脇に抱えていたファイルからパンフレットらしきものを出し、南雲に渡した。時生も覗くと、イベントでは他に記念グッズの販売や、ホテルの歴史を紹介する写真パネルの展示などを行うらしい。時生は目新しさはないなと思い、南雲はパンフレットの一部を指して訊ねた。

「この『館内アメージングツアー』というのは?」

「当ホテルの本館は、国の重要文化財に指定されています。内装にも歴史的価値の高いものが多いので、ガイド付きでお客様にご覧いただこうと考えています。ただ、それだけではありきたりなので、目玉になる仕掛けを加えるつもりです」

「どんな仕掛けですか?」

今度は時生が訊ねる。

「マイ企画さんにお任せしていて、『アメージングのタイトルにふさわしいものにしたい』と、案を練って下さっています」

「ふうん」と南雲は何か考えるような顔をしたが、時生は話を元に戻した。

「水上さんは一昨日の午後十時過ぎに、こちらで打ち合わせをするためにマイ企画を出たそうです。打ち合わせをされたのはどなたですか?」

どなた=生前の水上さんに会った最後の人物だな。そう考えつつスタッフたちに視線を巡らせたが、三人とも困惑したように顔を見合わせている。時生は訊ねた。

「どうされましたか?」

「打ち合わせの相手は、総支配人の折坂《おりさか》です。イベントの責任者で、プロジェクトチームのリーダーなんですが」

恩田が口ごもり、酒井と花江は目を伏せる。違和感を覚えたが表には出さず、時生はさらに問うた。

「折坂さんは今どちらに?」

「それが」

答えようとした恩田が、言葉に詰まる。場に気まずい空気が流れた矢先、「お待たせ」と声がして、通路をシェフコート姿の男が近づいて来た。男は腕に複数の皿が載ったアルミ製のトレイを抱えている。

「できた?」

酒井が目を輝かせ、他の二人も「おお」と声を上げる。男がトレイの皿を作業台に並べて立ち去り、三人はそれを取り囲んだ。時生も皿を覗くと、薄くスライスしたフランスパンにローストビーフやサーモンを載せたもの、ピザのようなもの、野菜を煮たものなどが盛り付けられている。

「これはアペロ用だね。アペロとはアペティリフの略で、日本では食前酒という意味合いが強いけど、フランスでは親しい人とお酒やおつまみを楽しむ時という意味に使われる」

作業台の前に立って料理を見回し、南雲が言った。感心したように、酒井が返す。

「よくご存じですね。イベントのオープニングパーティでお出しする料理の試作品です。パーティは立食なので、気楽に食べられるものをと思って。でも、何か物足りない気がして悩んでいます……召し上がりますか?」

「もちろん」

待ち構えていたように答え、南雲は酒井が差し出すフォークを受け取り、襟元に白いナプキンを押し込んだ。「ちょっと」と時生はその腕を引いたが、南雲は構わず左手で握ったフォークを料理の皿の一つに伸ばした。そこにはスライスしたタコと野菜を和えた、マリネのようなものが盛り付けられている。

ああ、この人は左利きだったな。とっさに時生が思った直後、南雲は料理を頰張り、目を見開いて言った。

「これ、おいしい！」

その様子に酒井たちが笑い、時生は焦る。が、南雲は口の中のものを咀嚼《そしゃく》しながらさらに言った。

「真ダコの歯ごたえと、アンチョビの風味が最高。ワインが欲しいな。ロゼ……いや、辛口の白か。シャブリのグラン・クリュ、ブーグロの二〇一七年ものとか？」

「いいチョイスですね。でもオープニングパーティでお出しするには、予算オーバーかな」

花江が少しおどけた口調で返し、酒井と恩田が笑う。口の中のものを飲み込み、南雲は続けた。

「何か物足りないと言っていたけど、スイカのサラダはどうですか？　昔ノルマンディーで食べたんだけど、スイカとカマンベールチーズをスプーンで丸くくりぬいて、ドレッシングで和えるだけ。簡単だし、見た目も涼しげでしょ」

この敬語にタメ口が交ざる話し方。昔と同じだ。時生はうんざりし、恩田と花江もきょとんとする。しかし酒井は、

「そのアイデア、いただきます。すごくいいです」

と興奮気味に言い、「ありがとうございます」と一礼した。「それは何より」と微笑み、南雲はフォークをテーブルに置いて酒井たちに向き直った。

「で、折坂さんって何者？」

「このホテルの創業者の孫です。二カ月前に先代の総支配人が体調を崩して入院したので、その長男の真守《まもる》が跡《あと》を継ぎました」

サラダの件で恩を感じたのか、酒井が答える。チャンスだと判断し、時生は口調を砕けさせて訊ねた。

「御曹司《おんぞうし》ってやつですね。そういう人がリーダーだと、やりにくいこともあるんじゃないですか？」

「ええまあ。愛想はいいし、それなりに意見も言ってくれるんですけど、すぐにいなくなっちゃうし、連絡が付かないことも多いんですよ」

恩田も言う。口調と表情に不満が表れている。

「それは困りますね」

時生が苦笑すると、「ええ」と花江が頷いた。

「他のスタッフも困ってます。実質このホテルを仕切っているのは、総支配人じゃなく、副支配人の羽場さんですよ」

「そうでしたか」

相づちを打ちながら、時生は胸がざわめくのを感じた。

酒井と花江が職場に戻ると言うので、しばらくして厨房を出た。見送りに付いて来た恩田と三人で、もと来た道を戻る。ホテルの玄関を出て階段を下りていると、太く低いエンジン音が聞こえた。顔を上げた時生の目に、本館前の坂を上って来る濃紺《のうこん》のクーペが映った。国産のスポーツカーで、エンジンや足回りをかなりチューンナップしているようだ。

「折坂です。カーマニアで、他にも三、四台持っています」

恩田がそう囁いた直後、青いクーペは駐車場に入って停まった。「あの駐車場って、お客用だよね？」と問いかけた南雲に恩田は、「ええ」と眉をひそめて頷いた。

「万事あんな感じで。何とかしっかりさせようと、先代がお見合いをさせて婚約したんですけどね」

「へえ。相手は？」

「老舗《しにせ》の食器メーカーのご令嬢です。一廻り年下で、折坂にダイエットさせたり服装を変えさせたりしてるとか」

そう囁いた直後、恩田はこちらに歩いて来る折坂に「おはようございます」と声をかけた。「遅れてごめん。ジムのシャワー室が混んでて」とにこやかに応えた折坂は、三十五、六歳。背が高く顔立ちも整っているがややメタボで、身につけた黒いジャケットと白地に青のボーダーカットソーは、腹回りがきつそうだ。通路に下り、恩田は告げた。

「こちらは、楠町西署の小暮さんと南雲さん。水上さんの事故の捜査にいらしたそうです」

「それはどうも。折坂と申します」

真顔に戻り、折坂はジャケットのポケットから名刺入れを出して時生と南雲に名刺を渡した。それを手に、時生は訊ねた。

「一昨日の夜、水上さんと会われたそうですね」

「ええ。イベントのポスターの打ち合わせで、バックヤードで話しました」

「それは何時から何時まで？」

「十時半から十一時半ぐらいかなあ」

「そうですか。その時、水上さんに変わった様子はありませんでしたか？」

「特には。お疲れだなとは思いましたけど、いつも通り手際よく応対してくれました。水上さんにはとてもよくしていただいていたので、残念です」

ため息をついて俯き、折坂はまだ少し濡《ぬ》れている髪に手をやった。

11

聞き込みの結果を村崎に報告するために、時生は南雲と楠町西署に戻った。駐車場にセダンを停めて降りると、隣のスペースにも白いセダンが停まった。運転席には剛田、助手席には井手が乗っている。

「お疲れ様です」

降車する二人に声をかけると、井手が言った。

「おう。お前の読み通り、本宮俊吾には何かありそうだぞ」

「と言うと？」

「クラブで飲んでいたというアリバイだが、仲間はその通りだと認めた。だが、防犯カメラの映像などの物証はない」

やり取りしながら通用口に向かった。その後ろを、何やら談笑しつつ南雲と剛田が付いて来る。

「本宮に頼まれ、口裏を合わせた可能性がありますね」

「ああ。で、改めて本宮を聴取するつもりでやつのセレクトショップに行ったんだが、閉まってた。自宅にもいねえし、携帯も通じねえ」

「飛んだってことですか?」

時生が驚くと、井手はネクタイを緩めながら「だろうな」と頷いた。飛んだとは警察の隠語で、行方をくらましたという意味だ。午前十一時前だが曇天で蒸し暑く、梅雨《つゆ》入りが近いことを感じさせる。井手が続けた。

「お前らと会った時、本宮は水上さんと先週別れたと言ったんだろ? で、マンションの管理人の話じゃ、水上さんは十一日前の夜、部屋で男と言い争っていた。となると、言い争いの相手は本宮と考えるのが自然だ。別れる時に何かあって、水上さんを恨んでいたんじゃねえか? 事故の裏には、本宮がいるってセンもあり得るぞ」

「ええ。でも水上さんの事故を報せた時、本宮は本気で驚いてショックを受けていたんですよね……今朝、お願いした件は?」

「水上さんのマンションの見張りか。取りあえず、地域課に本宮の情報を伝えてパトロールを強化するように言ったが」

その時、バタバタと足音がして通路の向こうから刑事が一人走って来た。

「地域課から連絡があって、水上さんのマンションに本宮が現れたそうです」

井手を見て、時生は「行きましょう」と身を翻した。驚き、南雲と剛田が話をやめる。

井手たちほか数人の刑事と、昼顔町五丁目に急行した。マンションの手前の路上にセダンを停め、みんなで降りていると、地域課の警察官が駆け寄って来た。

「捜査対象者《マルタイ》は十五分ほど前に一人で現れ、マンションに入りました。キャップをかぶり、周囲を窺うような様子がありました」

後方のマンションを振り向き、緊張の面持ちで報告する。時生たちの間にも緊張が走り、井手が命じた。

「課長には、ここに向かう途中で報告した。任意で本宮を引っ張るぞ」

「はい」

時生たちは応え、井手を先頭に通りを進んだ。マンションの前まで行くと再び井手の指示が下り、井手と剛田はエレベーターで、時生と南雲は階段で水上の部屋に向かい、残りの数人はマンションの裏を固めることになった。地域課の警察官は通りで待機だ。

時生は周囲を窺い、足音を忍ばせてマンションの建物前の通路を進んだ。住人の大半が学生と単身の勤め人らしく、敷地内はしんとして人影もない。螺旋《らせん》状の階段の前に着くと、南雲が口を開いた。

「僕はここにいるよ」

「はい?」

「僕は、ここにいた方がいい気がする」

「『いい気がする』って」

啞然《あぜん》とした時生だが、言い合っているヒマはない。「何かあったら報せて下さい」と告げ、階段を上り始めた。三階まで行き、先に着いて廊下を窺っていた井手と剛田に合流する。と、前方でがちゃりと音がして、三〇八号室のドアが開いた。姿を現したのは、黒いキャップを目深《まぶか》にかぶった男。本宮俊吾だ。緊張しつつも平静を装い、時生は声をかけた。

「こんにちは」

「ああ、刑事さん」

そう返し、本宮はドアを閉めて廊下を時生の方に歩いて来る。黒いTシャツにデニムのハーフパンツという格好で、肩には昨日と同じリュックサックをかけている。

「今日はどうされました？」

時生も歩きだしながら問い、本宮は「えっ？」と訊《き》き返して立ち止まった。目の前に時生が着いたとたん、本宮はリュックサックをぶつけるようにして体当たりをしてきた。顔面と胸に衝撃が走り、時生は廊下の傍らに飛ばされた。その隙に、本宮は廊下を走る。

「本宮！」

何とか踏みとどまり体勢を立て直した時生の目に、井手が伸ばした手を逃れ、剛田を突き飛ばして廊下を進む本宮の姿が映る。そのまま、本宮は階段に駆け込んだ。

「おい！」

時生も怒鳴り、急いで階段に飛び込んだ。コンクリート製のステップを下りながら急カーブを描く手すり壁越しに下を覗く。

「南雲さん！」

「了解！」

時生を見上げ、階段の下にいる南雲が親指を立てた。本宮はあっという間に階段を下りきって、通路に出た。その前に、南雲が立ちはだかる。通せんぼをするように両手を広げているが、微妙に腰が引けている。階段を駆け下りながら時生が見ていると、本宮は「どけ！」と怒鳴って南雲の脇を抜けようとした。体の向きを変えて手を伸ばし、南雲は本宮が肩にかけたリュックサックの上部を摑んだ。

「離せ！」

さらに怒鳴り、本宮はリュックサックを手前に引いた。しかし南雲はもう片方の手も伸ばし、リュックの側面を摑んだ。二人はリュックサックの引っ張り合いになり、時生はそれを横目で見ながら階段を下りきった。と、本宮がショルダーベルトから腕を抜いてリュックサックを捨て、走りだす。

「待て！」

時生も必死に追いかける。前方には、高さ二メートルほどのフェンスがそびえている。しかしフェンスをよじ登って逃げるつもりか、本宮は足を緩めない。

そうはさせるか。強い思いにかられ、時生は走りながら目の端で後ろを窺った。が、当然一緒に本宮を追っていると思った南雲の姿はない。うろたえたが頭を切り替え、時生は足を速めた。本宮の背中が近づき、時生は手を伸ばして本宮の片腕を掴み、足を踏ん張って立ち止まった。その勢いで、本宮も体をのけぞらせるようにして立ち止まる。

チャンス。時生は本宮の片腕を手前に引き、同時にもう片方の腕を本宮の首の下に廻して締め上げた。喉の奥で声を漏らし、本宮がその場に仰向けで倒れる。時生は本宮の腕から手を離し、腰のホルダーから手錠を抜き取った。そして、

「本宮俊吾。公務執行妨害で逮捕する」

と告げ、その手首に手錠をかけた。同時に井手と剛田が駆け付け、時生は二人に後を任せて通路を戻った。

南雲は階段の脇にいた。時生に背中を向けてかがみ込み、地面に置いた本宮のリュックサックの中を覗いている。

「何してるんですか」

腹立たしさを抑えて声をかけると、南雲はくるりと振り向き、白手袋をはめた手で何かを掲げた。見れば、英文字のストリートブランドのロゴが入ったウエストポーチだ。

「よくできてるけど、コピー商品。偽物だよ。こっちも同じ」

そう続け、南雲はリュックサックを掴んで立ち上がった。開いた口からリュックサックの中が見え、そこには昨日水上の部屋で見たストリートブランドのキャップと置き時計、

ペンケースが入っていた。

12

眼差しを鋭くし、井手は身を乗り出した。

「じゃあ、お前はコピー商品を回収するためにあの部屋に行ったのか？」

「はい」

ぶっきら棒に、本宮は答えた。机を挟み、井手と向かい合って座っている。

「この商品は、きみが自分のセレクトショップで販売するために仕入れたものでしょ？　水上さんには、本物だと偽ってプレゼントしたの？」

小首を傾げ、友だちと話すような口調で剛田も問う。井手の脇に立ち、本宮を見下ろしている。「この商品」とは机上に並んだジップバッグで、中にはウエストポーチとキャップ、置き時計、ペンケースが入っている。

本宮は無言で頷き、井手は体を起こした。横を向き、傍らの壁に取り付けられた鏡を見てため息をつく。鏡はマジックミラーなので、その向こうにいる時生たちへの合図だ。

コピー商品の販売は商標法違反や詐欺などにあたる犯罪だけど、担当は刑事課《うち》じゃなく生活安全課《セイアンホシ》。犯人もセイアンに引き渡すことになるし、「骨折り損のくたびれもうけだ」

とでもグチりたいんだろうな。マジックミラー越しに井手を見返し、時生は推測した。

時生たちは逮捕した本宮を連れ、楠町西署に戻った。すぐに井手と剛田が刑事課の取調室で本宮の聴取を始め、時生たちはその様子を隣室のマジックミラー越しに眺め、天井のスピーカーから音声を聴いた。時刻は間もなく午後四時だ。

ふて腐れた様子の本宮だったが、聴取には素直に応じた。それによると、本宮は今回押収したもの以外にも有名ブランドのコピー商品を国内外から仕入れ、本物と偽ってセレクトショップで販売していたそうだ。水上と交際していて別れたのは事実で、時生たちと最初に会った時は、水上の部屋の私物を持ち帰り、カギを返すつもりだったという。しかし水上が亡くなったと知り、贈った品から自分の罪が発覚するのではと焦りが湧いた。そこで身を潜め、コピー商品を回収しようとマンションの部屋に行ったらしい。

ふと気配を感じ、時生は隣を見た。両手で抱えるようにスケッチブックを持った南雲が、穴の絵を眺めている。後ろに立つ村崎と藤野を気にしながら、時生は訊ねた。

「その絵。まだ持ってたんですか?」

「もちろん。この穴は、今回の事件の謎を解くヒントだからね」

「そうは思えませんけど」

呆れて時生が返した時、藤野に問いかけられた。

「水上さんの事故発生時、本宮はコピー商品の保管用の倉庫にいたんだって?」

「ええ。倉庫の防犯カメラで裏も取れました。コピー商品の件がバレてしまうので、僕の質問に仲間と飲んでいたと答えたんでしょう」

「水上さんの死を報せた時、本宮に焦る様子があったというのも、コピー商品の件が原因でしょう。小暮さん、よく気づきましたね」

村崎も言い、メガネのレンズ越しに時生を見た。体を反転させ、時生は一礼した。

「ありがとうございます。しかしこれで本宮のアリバイは立証されたし、水上さんの事故との関係は薄そうです」

「まだわからないぞ……気づいたと言えば、南雲もすごいな。さっき専門家に確認してもらったが、『ぱっと見は本物と区別がつかない』と話していた」

マジックミラー越しに机上の品を指し、藤野が話を変える。

「本庁では、コピー商品関連犯罪の捜査にも関わっていましたから。何より、偽りの美は美ではありません」

薄く微笑み、南雲はそう応えた。最後のひと言の意味がわからなかったのか藤野は訝《いぶか》しげな顔をしたが、時生ははっとして南雲に向き直った。

「ひょっとして昨日水上さんの部屋を見た時点で、ブランドアイテムがコピー商品で、それに本宮が関与していると気づいていたんですか？」

問いかけながら、南雲が水上の部屋の棚を眺めていたこと、本宮のアリバイの裏取りに行こうと提案した時生に「気が乗らないなあ」と返したことを思い出す。すると南雲はあっさりと答えた。

「うん。廊下で会った時に本宮が持っていたリュックサックも、コピー商品だったからね」

「だったら教えて下さいよ。二人で動く以上は、協力し合ってルールを遵守しようと言ったでしょう」

「言ったのは小暮くんで、僕じゃないよ」

またあっさりと返され、時生は腹立たしさを覚えた。さらに言い返そうとした矢先、天井のスピーカーから本宮の声が聞こえた。

「だからさっきも説明したでしょう。結芽とは別れたけど、揉《も》めてない。ノリで付き合ってただけで、お互い本気じゃなかったんです」

こちらがやり取りしている間も聴取は続いていて、本宮と井手が睨み合っている。

「だが十日くらい前の深夜、お前は水上さんと言い争いをしただろう。マンションの住人から苦情が出ていたぞ」

「俺じゃない！　別れる前から、結芽には新しい男がいたんだ。連絡が取りにくくなったり、態度がよそよそしくなったりしてたから、間違いない」

いきり立ちながらも本宮が主張し、井手はまたマジックミラー越しに時生たちを見た。

険しい顔をしているが、ぎょろりとした目には戸惑いの色が浮かんでいる。

新しい男？　時生も戸惑いを覚えた矢先、部屋のドアがノックされた。村崎が「はい」と応え、開いたドアから一人の刑事が顔を出した。

「本宮の店と倉庫を捜索したところ、大量のコピー商品が見つかりました。念のため水上さんの部屋も鑑識に調べてもらったんですが」

刑事はそこで言葉を切り、「どうした？」と藤野が促す。すると、刑事はこう続けた。

「室内からは三種類の指紋と毛髪が検出され、そのうちの二種類は水上さんと本宮のものだと判明しました」

「残りの一種類は？　誰の指紋と毛髪なんだ？」

「不明です。誰のものか、わからないそうです」

刑事が答え室内に緊張が走った直後、時生の胸がざわめく。同時に今朝のホテルカシェットで聞き込みした時の記憶が蘇る。気がつくと、時生は片手を上げていた。

「それは、この人のものかもしれません」

その言葉にみんなの視線が動き、時生は手を下ろしてスーツのジャケットのポケットを探った。

13

取調室の机に写真を二枚並べ、時生は顔を上げた。

「どちらも水上結芽さんの自宅マンションから採取された指紋です。これはバスルームのドアのレバー」

そう告げて、写真の一枚を指す。写っているのは白いドアに取り付けられたステンレス製のレバーで、その側面にはアルミニウムの粉末で黒く浮き上がった指紋が付着している。

「こちらはテレビのリモコン」

もう一枚を指し、時生は告げた。こちらも写っているのは黒い指紋で、白いリモコンの裏側に付着している。

「そしてこれが、あなたの指紋。昨日お会いした時にいただいたものから採取しました」

時生は言い、写真の横にジップバッグを置いた。ジップバッグの中身は名刺で、「ホテルカシェット　総支配人　折坂真守」としゃれた書体で印刷されている。ぎしっと椅子を軋《きし》ませ、向かいの折坂が身を乗り出した。

「何かの間違いです。水上さんとは仕事の付き合いだけで、自宅に行ったことはない」

自分の前に置かれたものには目を向けずに主張する。「なるほど」と返し、時生は机の端に置いたファイルから書類を出した。

「では、これも何かの間違いですか？　水上さんのマンション前の通りに設置された防犯カメラの映像です。マンションの管理人に確認しましたが、この映像が録画されたのは、水上さんの部屋から男女の言い争う声が聞こえたのと同じ夜です」

表情を動かさずに説明し、ジップバッグの横に書類を置く。防犯カメラの映像を印刷したもので、薄暗い上にモノクロだが、通りの端に停まった濃紺のクーペは折坂のもので、ナンバーも一致する。目を見開き折坂が何か言いかけたが、時生は話を続けた。

「さらに、あなたの自宅マンションの住人が、あなたの部屋に出入りする水上さんを見たと証言しています。いま、マンション内の防犯カメラの映像も解析中です」

すると折坂は絶句し、時生は目の端で後ろの様子を窺った。南雲はさっきから無言で、スケッチブックを抱えてドアの脇に置かれた机に寄りかかって立っている。

昨日、時生が提出した名刺は楠町西署の鑑識係に廻された。間もなく、名刺に付着した指紋は、水上の自宅から検出されたものと一致すると判明。そこで村崎の指示のもと、刑事たちは折坂を洗った。その結果、疑いが強まったので一夜明けた今朝、任意同行を求めた。息を吐く気配があり、時生は視線を前に戻した。折坂はしゃれた白いシャツに包まれた肩を落として俯いている。

「……わかりました。認めます。確かに僕は、水上さんと付き合っていました」

やっぱりか。昨日ホテルカシェットで感じたざわめきの正体は、これだったんだな。そう確信し、時生は質問を始めた。

「いつ頃から？　どういうきっかけで？」

「ひと月ぐらい前です。水上さんは才気溢れる人でコミュニケーション能力も高いので、『今の会社じゃもったいない。大手に移るか、独立したら？　力を貸すよ』と話したんです。そうしたら水上さんは『独立したい』と言って、相談に乗っているうちに、つい」

「ふうん」

後ろで南雲が言い、時生は振り向こうとした。と、折坂はこう続けた。

「もちろん、僕に婚約者がいることは伝えました。水上さんは、『構わない。でも、独立したらホテルカシェットの仕事は私に発注して』と言い、僕は承諾したんです。ところが最近、『私を選んで』と言うようになって、ケンカが増えていました」

本宮の話といい、水上さんは恋愛には深入りしないタイプだったのかもな。でも仕事、とくに独立が絡むとなれば話は別だ。折坂が結婚するなり、別の女ができるなりすれば仕事の発注もどうなるかわからない。だから「私を選んで」となったんじゃないだろうか。そうよぎり、時生の頭に水上の顔が浮かんだ。と、折坂が顔を上げた。

「ひょっとして僕は疑われているんですか？　何もしていませんよ。そもそも、水上さんは事故で亡くなったんでしょう？」

戸惑いと焦りが入り交じった口調で訴える。壁の時計が午前十一時近いのを確認し、時生は「休憩しましょう」と告げた。

後を剛田に任せ、時生は取調室を出た。廊下を歩きながら隣の南雲に意見を聞こうとした矢先、「小暮さん」と呼ばれた。見ると、廊下の先にホテルカシェットの恩田と花江、酒井、さらにマイ企画の日高がいた。

「やあ。お揃いでどうしたの？」

嬉しそうに手を振り、南雲が恩田たちに駆け寄る。会釈して、時生も続いた。

「刑事さんに呼ばれたんです。折坂のことを、あれこれ訊かれました」

困惑したように恩田が言い、花江と酒井も口を開いた。

「折坂もここに呼ばれたんですよね？」

「水上さんの事故と、関係があるんですか？」

三人とも制服ではなく、Tシャツやポロシャツにジーンズとラフな格好だ。みんな、折坂と水上さんの関係を知らなかったのか。そう察しつつ、時生は答えた。

「ご迷惑をかけて申し訳ありません。ところで、一昨日の午前零時過ぎにはどうされていましたか？ ただの確認で、関係者の方全員に伺っています」

「僕はホテルの従業員寮に住んでいて、その時間は寮で寝ていました」

まず恩田が答え、花江も続く。

「僕も同じ寮に住んでいて、風呂に入ってたんじゃないかな」

「私はホテルの厨房で、料理の試作をしていました」

最後に酒井が答え、時生は「わかりました」と頷いて視線を三人の後ろに移した。

「日高さん。ちょっといいですか？」

「はい」

頷き、日高が進み出て来た。ゆったりしたつくりの黒いワンピースを着ている。時生は日高と廊下の隅に移動し、酒井たちの前には南雲が進み出て「この間のオープニングパーティのメニューなんだけど」と話しだす。時生は質問を始めた。

「水上さんから独立の話を聞いたことはありますか？」

「一度もないです。水上さんは独立するつもりだったんですか？」

驚いて目を見開き、日高が訊き返す。

「水上さんと、そういう話をした人がいます」

「人って……ひょっとして、折坂さん？　水上さんと付き合っていたんでしょう？」

「知ってたんですか？」

「確認した訳じゃないけど、なんとなく。一昨日、最近水上さんは悩んでる様子だったと言いましたよね。あれは、折坂さんが開業五十周年イベントのプロジェクトチームのリーダーになってからなんです。いつも明るかった水上さんが、暗い顔をするようになって」

腹立たしげにそう説明した日高だったが、「でも、独立なんて」と呟き、呆然とする。

慌てて、時生は返した。

「事実と決まった訳じゃありませんから。それより、一昨日の午前零時過ぎにどうされていたか教えて下さい」

「会社で仕事をしていました」

「一人で？」

「ええ。でも、零時ちょっと前にバイク便の配達員が来ました。デザイナーさんからの荷物を届けてくれたんですけど手が離せなかったので、玄関先に置いて帰ってもらいました」

「わかりました。ありがとうございます」

そう告げて時生が会釈した時、刑事が日高と恩田たちを呼びに来た。日高と恩田たちは刑事について行き、時生はジャケットのポケットから手帳とペンを出して聞いた話をメモした。と、「小暮」とまた名前を呼ばれ、顔を上げると井手が廊下を駆け寄って来た。

「水上さんの車から、折坂の指紋が検出されたぞ。しかも前輪のブレーキキャリパー。ブレーキの作動に影響を与えるパーツだ」

「ホテルカシェットの従業員が、折坂はカーマニアだと話していました。まさか」

そう応えた時生の頭に、昨日の恩田とのやり取りと折坂の愛車が浮かぶ。「ああ」と頷き、井手はさらに言った。

「折坂は水上さんと別れるつもりだったんだろう。だが水上さんは聞き入れず、関係を公《おおやけ》にするとでも迫ったんじゃねえか？　で、追い詰められた折坂は水上さんの車のブレーキに細工し、それが原因であの事故が起きた。これが俺の読みだが、どうだ？」

「あり得ますね。水上さんの車は？」

「破損がひどいが、本庁の科捜研に徹底的に調べさせる。俺らは折坂を洗い直すぞ」

力強く告げ、井手は踵を返す。時生も続こうとした矢先、南雲が口を開いた。

「それはどうかなあ」

その言葉に井手が足を止めて振り向き、時生はぎょっとする。井手は問うた。

「俺の読みに異論があるんですか？」

「ええ。関係が公になれば、水上さんがホテルカシェットの仕事を失う可能性も高くなりますよ。本末転倒だし、野心家で頭もいい水上さんがそんなことを迫るかな」

その敬語とタメ口が交ざった話し方に、時生は苛立つ。しかし、井手の顔が険しくなったのに気づき、苛立ちは焦りに変わった。井手が言う。

「そうですか。では、南雲警部補はこの事件をどうお考えですか？」

「よくぞ訊いてくれました……この絵なんだけどね」

いそいそと、南雲は抱えていたスケッチブックを開いた。時生は急いで告げた。

「南雲さんの考えは、僕が聞いて後で報告します。井手さんは折坂を洗って下さい。捜査は時間との闘いだって、前に教えてくれたでしょう」

「わかった」

納得がいかない様子ながらもそう応え、井手は廊下を戻って行った。ほっとした時生だが、顔を上げた南雲に「あれ。井戸《いど》さんは？」と問われ、苛立ちが蘇った。

「井手さんです。穴の絵を人に見せるのは禁止と言いましたよね？」

「だって訊かれたから。僕の考えを説明するのに、この絵は不可欠だよ」

「穴が怒りとパトスの象徴とかいうやつですか？　だったら意味不明です。わかりやすく説明して下さい」

そう迫ると、南雲はスケッチブックを閉じて答えた。

「殺人事件の犯人が交際相手で、動機は痴情のもつれって月並みじゃない？　何より、折坂真守が水上結芽を交通事故に見せかけて殺害したという読みは、美しくない」

その自信たっぷりな口調に、この三日間で時生の胸に溜《た》まった不満と苛立ちが一気に膨らみ、爆発した。

「ふざけないで下さい！」

と声を上げると南雲が驚き、廊下にいる署員たちも振り向く。構わず、時生は続けた。

「月並みとか美しくないとか、人が亡くなっているんですよ。真剣に取り組む気がないなら、捜査を外れて下さい。あなたは十二年前と何も変わっていない。あの時だって」

言いかけてはっとし、時生は口を閉じた。気まずさと後悔、そして十二年前と同じ苦い思いが胸に押し寄せる。

「小暮くん。僕はいつだって真剣だし、どんな事件も心から解決したいと願っているよ」

そう言われ、時生は南雲を見上げた。すると南雲はさらに続けた。

「それに、レオナルド・ダ・ヴィンチはこう書き記してる。『穴を掘る者の上に、穴は崩れる』と」

たちまち時生は脱力し、それ以上やり取りする気を失う。南雲に背中を向け、その場を離れた。

14

翌朝八時半。楠町西署二階の刑事課の会議室で、捜査会議が開かれた。そこで刑事たちが昨日の捜査結果を報告し、折坂は水上の車のブレーキキャリパーに付着していた指紋について、「以前頼まれて整備をした」と主張していること、事故前、折坂と水上がホテルカシェットのバックヤードで打ち合わせをしたのは事実で、また以後の折坂の行動にはアリバイがないことなどがわかった。加えて時生も、恩田と花江、酒井は従業員寮とホテルの防犯カメラ、日高はバイク便の配達員の証言でアリバイが立証されたという昨日の午後の捜査結果を報告した。

折坂を重要参考人としてさらに捜査し、容疑が固まり次第、逮捕状を取るという村崎の言葉で捜査会議は終了し、刑事たちは会議室を出た。時生も続こうとすると、村崎に呼び止められた。

「南雲さんは？」

「昨日の昼前から、姿が見えないんですよ。電話やメールでも連絡が取れません」

もはやフォローする気は失せ、正直に答える。表情を動かさずに「そうですか」と返し、村崎はこう続けた。

「南雲さんも小暮さんも、優秀な捜査員です。しかし十二年前の一件もありますし、くれぐれも慎重に行動して下さい。十二年前のような事態は、繰り返してはなりません」

だったらなんで、僕がいる署に南雲さんを配属して、コンビまで組ませたんだよ。そう浮かび、時生は理不尽さを覚えた。しかし表には出さず、「はい」と返して一礼した。

15

「――という訳で、この場合はアイテムの大きさではなく、形に着目するべきだね。なぜなら人間には、似た形状のものが並んでいると、線上に繋《つな》げて認識する習性があるんだ」

そう告げて、南雲は背後のホワイトボードを振り返った。下のトレイに置かれたペンを取ってホワイトボードに大きさの異なる丸を五つ、緩やかにカーブさせて描いた。近くのテーブルに着いた恩田、花江、酒井がそれを見守っている。描き終えた五つの丸を「たとえばこんな感じ」と指し、南雲は前に向き直った。

「そしてこれを効果的に使っているのが、ファン・サンチェス・コタンの絵画、『マルメロの実、キャベツ、メロン、胡瓜《きゅうり》』――はい、検索して」

手前に座った恩田を促す。「はい」と返し、恩田は自分の前に置いたノートパソコンのキーボードを叩いた。間もなく、ホワイトボードの隣の壁に取り付けられたモニターに、一枚の油絵の写真が転送された。背景は黒で、手前に薄茶色の棚のようなものが描かれ、そこに紐で吊されたマルメロの実とキャベツ、棚板の上に置かれたメロンとキュウリが高さを少しずつ変え、ほぼ等間隔で並んでいる。メロンは三分の一ほどが切り取られて切り口が露《あら》わになり、傍らにその一切れが置かれていた。

「確かにそれぞれの野菜や果物は大きさも形も違うのに、一つの繋がったものに感じられますね」

恩田の隣に座った花江が感心し、向かいの酒井も頷く。

「それに自然に左上から下、つまりタイトル通りマルメロ、キャベツ、メロン、キュウリの順に眺めちゃいます」

「その通り。それは視線誘導、リーディングラインといって、絵画の技法の一つなんだけど、長くなるから解説はまたの機会に」

そう告げて南雲が話を切り上げると、恩田が言った。

「ありがとうございます。今のお話を参考に、展示の方法を再検討します」

「南雲さんには、何度も助けていただいて。お陰でやる気が湧きました。がんばります」

目を輝かせて酒井も言い、花江が頷く。満足し、南雲は「それは何より」と微笑んだ。

今朝は楠町西署には出勤せず、ホテルカシェットに来た。フロントで警察手帳を見せ、恩田たちの名前を告げるとバックヤードのこの部屋に案内された。小さな会議室で、ここが開業五十周年イベントのプロジェクトチームの拠点らしい。室内には恩田、花江、酒井が顔を揃えていたが、様子がおかしい。聞けば、ホテルの従業員たちの間で折坂と水上の関係、さらに水上の死に折坂が関わっているのではという噂が広まっているという。それを受け、恩田たちもこのままイベントの準備を進めていいのか、中止もあり得るのではと不安になっていたらしい。

そこで南雲はイベントの準備の進行状況を確認し、ホテルの歴史を紹介する展示で、キーとなるアイテムの配置をしていたと知った。さらにアイテムが掛け時計、料理の載った皿、花壇と丸い形のものが多いとわかったので、絵画の表現技法を活用した配置法をアドバイスした。

「でも、こんなところにいていいんですか？　さっきから何度もスマホが鳴ってますよね」

恩田が言い、南雲のジャケットのポケットに目を向ける。手を横に振り、南雲は返した。

「大丈夫。気にしないで」

スマホには既に十件近い電話とメッセージの着信があり、発信者は全て時生だ。昨日の発言の何がいけなかったのかは不明だが、時生を怒らせたのは確かで、「美しくない」はともかく、「月並み」は言葉の選択を誤ったと思う。なので事件解決の糸口を求めてここに来たのだが、今のところこれといった収穫はない。

酒井が立ち上がり、ステンレス製のポットから紙コップにコーヒーを注ぎながら言った。

「私たちは南雲さんにいてもらえて大助かりですけど。夕方、日高さんが打ち合わせに来るので、いただいたアイデアを伝えたら喜ぶと思います」

「そう」

南雲は返し、テーブルに歩み寄って紙コップを受け取った。テーブルの上にはイベントのパンフレットやチラシの他、たくさんの書類と写真、グッズの試作品などが置かれている。コーヒーを飲みながらそれを眺めていると、あるものが目に付いた。

「あれは?」

テーブルの奥を指す。「これですか?」と、花江が差し出した三枚の書類を南雲は受け取った。

CGのイラストを印刷したもので、それぞれにイルカとキリン、ドラゴンが描かれている。三点とも胴体をくねらせたり、首を伸ばしたり、口から火を吐いたりと躍動感のある構図で、無背景だが体の下に影が描かれていた。

デッサンは正確だし、構図はダイナミック。イルカの皮膚やキリンの毛、ドラゴンのウロコの質感もリアルに描かれているが、オリジナリティーは皆無。南雲がそう分析していると、酒井の声が耳に届いた。

「それ、いいでしょう? 先月マイ企画で打ち合わせした時、イベントの書類に紛れ込んでいたんです。『いたずら描きなの。恥ずかしい』ってすぐ日高さんに回収されちゃいましたけど、すごく巧《うま》くて迫力もあるし、飛び出して来そうなくらいリアルですよね。何かに使えるかもと思ってこっそりスマホで写真を撮ったんです」

「ふうん」

相づちを打ち、南雲はイラストを見直した。

その直後、南雲の頭の中に水上の事件の捜査を通じて会った人たち、聞いた話がフラッシュバックされた。続けてある閃《ひらめ》きがあって大きな衝撃が走り、頭の中が真っ白になる。と、そこに傍らからあるものが現れた。螺旋状の骨組みに白い布を張ったスクリューの下に、それを回転させるためのレバーが並んだ軸と円形の土台が接続された装置。偉大なる芸術家、レオナルド・ダ・ヴィンチの手によるスケッチにある空飛ぶ機械、通称「空気スクリュー」だ。イラストに影響されたのか、スケッチの空気スクリューはCG化され、スクリューを回転させて南雲の頭の中を悠然と横切り、くるりと方向転換してどこかに飛び去った。

とたんに閃きは確信に変わり、南雲は知らず閉じていた目を開けた。その目に、驚いて自分を見ている恩田と花江、酒井の顔が映る。「大丈夫ですか?」という酒井の問いに南雲が答えようとした時、会議室のドアがノックされた。「はい」と恩田が応え、ドアが開く。顔を出したのは時生で、視線がぶつかるなり言う。

「南雲さん。捜しましたよ」

「小暮くん、見つけたよ。今回の事件の謎を解くカギをね」

そう告げると気持ちがはやり、自然と笑みが浮かんだ。

16

顔を上げ、時生は首のネクタイを少し緩めた。鉄製のベンチに座って片手でペットボトルのミネラルウォーターを飲み、もう片方の手でスマホを取って画面を見た。しかし南雲からの着信はなく、デジタル時計が示す時刻は「15：44」。

ここはホテルカシェットの敷地内にある庭園の温室だ。ドーム型の屋根も壁もガラス張りで、室内には花壇が設えられ、さまざまな植物が葉を茂らせ、花を咲かせている。外は曇天で屋根と壁にいくつかある窓は全開になっているので、そう暑くはない。しかし焦りと苛立ちを覚え、時生は立ち上がって花壇の間の通路を進んだ。突き当たりのドアを開けて外を眺める。

温室は庭園の奥にあり、周りにはバラやアジサイなどが植えられた花壇と小さな池、図形や動物の形に刈り込まれた立木があり、その間を縫ってレンガ敷きの入り組んだ通路が走っている。平日なので散策する客がまばらな庭園に、南雲の姿はない。

今日は捜査の傍ら南雲に何度も連絡したが、つかまらなかった。そこで心当たりの場所にいくつか出向いたところ、ホテルカシェットにいた。しかし南雲は「戻ったら全部説明するから、温室で待ってて」と告げ、どこかに行ってしまった。仕方なく、時生は恩田を通じて温室で待機する許可をもらいここに移動したが、一時間経っても二時間経っても南雲は戻らず連絡もない。途中、電話で村崎に状況報告をしたところ、「南雲さんに問題を起こさせず、署に連れ帰って」と命じられた。

やっぱり、あの人はまともじゃない。そう確信する一方、さっき事件の謎を解くカギを見つけたと自分に告げた時の南雲の目を思い出す。あの目をした時、南雲が必ず結果を出すことは、コンビを組んでいた時の経験でわかっている。

南雲が戻って来たのはさらに三時間経過した、午後七時前だった。

「お待たせ」

明るくそう告げ、温室の中の通路を歩み寄って来る。黒い三つ揃いのスーツを着て表紙が深紅のスケッチブックを抱え、ジャケットの胸ポケットには青い鉛筆という、出かけた時と同じスタイルだ。ベンチから立ち上がり、時生は返した。

「待たせ過ぎですよ。どこで何をしてたんですか？」

「ごめんごめん。ついでにもう少し待って。ここに犯人を呼んだから」

軽いノリで答え、南雲は「あ～、疲れた」と言ってベンチに座った。時生はさらに問う。

「犯人って誰なんですか？　まさかホテルの関係者？　でも、恩田さんと花江さん、酒井さん、ついでに日高さんも事件発生時にはアリバイがありますよ」

「だろうね。とにかく、ひと息つかせてよ。これ飲んでいい？」

そう訊ね、南雲は返事を待たずにベンチに置かれたペットボトルの緑茶を取って開栓した。さっき時生が、ミネラルウォーターと一緒にホテル内で買ったものだ。埒《らち》があかないので、時生は通路をドアに向かった。と、後ろで南雲が言う。

「外に出ちゃダメ。ホテルのベーカリーに寄ってクロワッサンを買ったから、食べようよ。ここの名物なんだって」

言うが早いか、片手に持ったクロワッサンが二個入ったビニール袋を掲げて見せる。呆れ返った時生だが言いつけは守り、開けたドアから出ずに外を眺めた。陽は傾き、点ったばかりの外灯が樹木と通路を照らしている。

「なんで出ちゃダメなんですか？　外に何か」

そう問いかけ振り向こうとして、足音に気づいた。誰かが通路をこちらに向かって歩いて来る。時生が緊張したその時、通路の向こうで短い悲鳴が上がった。反射的に体が動き、時生は温室を出た。

入り組んだ通路を進むと、前方にカーブが現れた。大きく茂った植え込みに左右を囲まれ、見通しが悪い。速度を上げ、カーブを曲がった。その直後、視界にあるものが入り、時生は「うわっ！」と声を上げて立ち止まった。

通路のすぐ先に穴があった。大きく深く、中は真っ暗。落とし穴⁉　南雲さんが掘ったのか？　そうよぎった矢先に気配を感じ、時生は顔を上げた。穴の向かい側に女がいた。

小柄で黒いパンツスーツをまとっている。

「日高さん。大丈夫ですか？」

そう声をかけると、呆然と穴を見ていた日高が顔を上げた。

「は、はい」

ほっとして、時生は改めて足下を見た。穴は歪みのない円形で、直径一メートルほど。しかし身を乗り出し、傍らの外灯の明かりに目をこらすと、穴の縁《ふち》にはわずかな厚みがある。縁を摑み上げた時生の指先に、すべすべとした布地の感触が伝わってきた。

「これ、マットですよ」

そう告げて、時生はマットを捲った。裏側には、滑り止めのゴムが張られている。よく見れば穴の中の闇も、グラデーションを付けて印刷された黒いインクだ。が、日高は何も応えず、戸惑ったような顔で立っている。違和感を覚え、時生は体を起こした。すると、

「驚いた？」

と声がして後ろから南雲が姿を現した。スケッチブックを抱え、クロワッサンを食べながら来たのか、もぐもぐと口を動かしている。

「やっぱり南雲さんの仕業ですか。驚いたなんてもんじゃありませんよ」

時生は抗議した。口の中のものを飲み込み、南雲は言った。

「ごめんごめん。でもこれ、よく出来てるでしょ？」

そう訊ね、南雲は日高に微笑みかけた。時生も目を向けると、日高は訝しげに答えた。

「何か御用ですか？　私は恩田さんに、『南雲さんが呼んでるから温室に行って』と言われたから来たんですけど」

「えっ。じゃあ」

言いかけた時生に頷き、南雲はこう告げた。

「犯人は日高さん。水上さんに事故を起こさせた張本人だよ」

驚き、日高は何か返そうとした。それを遮り、南雲は話し始めた。

「不況の煽りを受けて、マイ企画の経営は厳しかったようですね。資金繰りにも行き詰まって倒産目前だったところに、ホテルカシェットの開業五十周年イベントの仕事が入った。この仕事で起死回生を図るつもりだったんでしょ？　調べさせてもらいました」

外出の目的はそれか。時生は悟り、南雲は話を続けた。

「ところがその矢先、あなたは水上さんと折坂さんが交際し、水上さんは独立するつもりだと知った。あなたは以前から、折坂さんに好意を持っていたんでしょう？　水上さんはそれに気づいていて、折坂さんに『私を選んで』と迫ったんだ。しかも水上さんは、今後のホテルカシェットの仕事まで持って行ってしまう。当然あなたは、必死で水上さんを引き留めたでしょう。しかし事態は覆らず、あなたは水上さんへの怒りを増幅させ、やがてそれは殺意に変わった。同時に折坂さんへの想いも、憎しみに変わったんだ」

「違います。私は折坂さんに好意なんて抱いていないし、水上さんが独立を考えていることも、昨日小暮さんから初めて聞いたんです。ましてや、殺意なんて」

ふるふると首を横に振り、日高は訴えた。それをなだめるように南雲は「まあ、最後まで聞いて」と返し、さらに語った。

「心を決めたあなたは、『開業五十周年イベントが終わるまでは辞めないで』とでも言って水上さんを説得したんでしょう。水上さんはそれを受け入れ、四日前の夜、あなたは水上さんがホテルカシェットに行くように仕向けた。そして、あらかじめ盗んでおいた水上さんのスマホのアカウントとパスワードを使い、ノートパソコンで位置情報アプリにログインして水上さんの動きを見張ったんです。そうとは知らない水上さんは、折坂さんとの打ち合わせを終えてホテルカシェットを出た。同時にあなたも、会社のワンボックスカーで出発。防犯カメラの設置されていない道を選んで葉牡丹町二丁目に向かい、目立たない場所にワンボックスカーを停めた。ホテルカシェットから水上さんの自宅マンションに行くには、事故現場を通ると近道になると知っていたからです」

そこで南雲が言葉を切り、時生は日高を見た。眉根を寄せ困惑した様子の日高だが、黙って話を聞いている。と、南雲が話を再開した。

「ノートパソコンで動きを追っていると、予想通り水上さんは事故現場に近づいて来た。水上さんの前後に他の車がいないのを確認し、あなたはワンボックスカーを降りた。で、事故現場のカーブに、この穴の絵が印刷されたマットを敷いたんです」

再び言葉を切り、南雲はスケッチブックを開いて掲げた。時生と日高が同時に目を向けると、そこには南雲が描いた穴の絵があった。

「だから、その絵は」

咎めようとした時生を無視し、南雲はスケッチブックを閉じて口を開いた。

「マットを敷き終えたあなたが物陰に隠れた直後、水上さんの車がカーブを曲がって来た。穴に驚いた水上さんは車のハンドルを切り損ね、崖から転落した。それを見届けたあなたは、マットを回収するために物陰から出ようとした。が、そこにスーツ姿の中年男が登場。中年男は事故と穴にうろたえつつも、助けを呼ぶために立ち去った。その隙にあなたはマットを回収し、来た時と同様に会社に戻った。そして事故の捜査が始まると、折坂さんに疑いの目が向くよう、僕らに事故前の水上さんの変化について話した……以上です。質問、異論反論、その他ご意見があればどうぞ」

話し終え、南雲は日高と時生の顔を見た。口調は軽いがその顔に笑みはなく、大きな目は強い光を放っている。

「そう言われても……訳がわからないし、私は何もしていません」

最初に日高が口を開いた。言われたことがショックだったのか、呆然としている。時生も問うた。

「南雲さん、どういうつもりですか。相談もなくこんなことを。そもそも、穴とかマットとか何なんですか？　勝田さんが見た穴は、酔いによる幻覚ってことになったでしょう」

「よくぞ訊いてくれました」

そう応えて目を輝かせ、南雲はまた語りだした。

「今回の事件のカギは、錯視《さくし》という現象なんだ」錯視とは何かというと、いわゆる目の錯覚。そのメカニズムは解明されていないんだけど、僕は脳内の情報加工だと考えてる。人間は光や音、匂いといった刺激を脳で知覚する。でも脳は刺激をそのまま受け取らず、より現実世界に即した見え方になるように調整するんだ。錯視にはたくさんの種類があって、代表的なのが同じ長さの直線に長短があるように見えたり、静止画が動いているように見えたりするもの。現象を利用した絵画や立体作品もあるよ」

「3Dアートってやつですか？　なら、家族と美術館に見に行ったことがあります」

つい反応してしまった時生に南雲は「そう、それ」と頷き、さらに続けた。

「モチーフの配置と模様、色のグラデーション、加えて鑑賞する位置によって平面の絵が立体的に見えるんだ。3Dアートの多くは写真に撮って鑑賞することを前提にしているけど、中には肉眼で立体に見えるものもある。今回の穴もそうで、水上さんは錯視の罠《わな》にはまってしまった」

最後のワンフレーズは口調と眼差しを強め、南雲は日高に向き直った。

「あなたは開業五十周年イベントのスタッフに、館内アメージングツアーを『アメージングのタイトルにふさわしいものにしたい』と話したそうですね。錯視を使ったアート作品の展示を予定していたんじゃないですか？　たとえば、こんな素材を使って」

そう告げてスケッチブックを捲り、間に挟まれていた書類を取って掲げる。それを見た日高ははっとし、時生も脇から覗く。書類にはイルカとキリン、ドラゴンのCGイラストが描かれていた。表情を固くし、日高は反論した。

「それはただのいたずら描きで、アメージングツアーで錯視を使うつもりもありません。どうしても私を犯人にしたいんですか？　水上さんが亡くなった時、私は会社にいたんですよ。どうやってマットを敷いたり、片付けたりできるんですか」

「そうですよ。さっき言った通り、日高さんにはアリバイがある。零時ちょっと前に、バイク便の配達員が荷物を届けに来たんです。配達員から裏も取れてるし、マイ企画から事故現場は二キロ近く離れています」

記憶を再生しながら時生も告げたが、南雲は「わかってる」と頷いた。

「マイ企画まで行って確認したけど、門柱のインターホンはスマホ連携型だね。親機がインターネットに接続されていて、来客があるとスマホを使って外からリアルタイムで応対できる。その機能を使ってあらかじめ配達員が来るように段取り、アリバイ工作をしたんだ」

「違います！　本当に会社にいたんです。葉牡丹町なんかに行ってない！」

体の脇で拳《こぶし》を握り、最後は語気を強めて日高は反論した。時生も言う。

「日高さん、落ち着いて……南雲さん、もうやめましょう。いくら暗かったとはいえ、マットの穴を本物とは思いませんよ」

と、それを待ち構えていたように南雲はスケッチブックをぱたんと閉じ、告げた。

「そう？　ほんのちょっと前、きみたちはまんまと騙《だま》されたじゃない。昼間、僕が渋谷の雑貨店で買った三千二百九十円のマットにね」

「あっ！」

声を上げ、時生は足下のマットを見た。一方日高は目を伏せ、口を引き結んだ。その表情に、時生の胸が騒ぐ。

「そんなの憶測だし、何の証拠もないじゃない」

声と眼差しを尖ったものに変え、日高が南雲を見上げた。その通りなので、南雲は黙る。が、時生の胸騒ぎはさらに強まり、頭が勝手に回りだす。気がつくと、言っていた。

「日高さんの言うとおりです。あまりにもバカげてる。人を殺すのに、錯視なんて方法を選ぶ犯人はいませんよ」

すると一瞬の間の後、「バカげてる？」と日高が問うた。頷き、時生はさらに言う。

「ええ。バカげています。脳の情報加工だか何だか知らないけど、子どもだましもいいところだ。もっと確実な方法が――」

「バカげてなんかいない！」

日高が裏返った声を上げた。時生が口を閉じ、南雲が目を向けるとこう続けた。

「錯視はすごい現象で、私はその価値を知ってる。だからアメージングツアーのテーマに選んだの。錯視を目玉にすればイベントは必ず成功するし、会社も持ち直すはずだった。なのに水上さんは……見た目も若さも、かなわないのはわかってた。でも仕事だけは私が上だと思ってたのに、あの子は自分の武器を使ってそれを奪った。独立すると言われ、頭を下げて思い直すように頼んだ私に、あの子が何て言ったと思う？『ホテルカシェットにも折坂さんにも、私の方がふさわしかったってだけです』。絶対許さないと決めたわ」

語るほどに取り乱し、両目からは涙も溢れた。表情を動かさず、南雲は返した。

「それであなたは、自分の切り札である錯視を殺害方法に選んだんだね。現場に敷いた穴のマットは、イベントで使うと言って業者に作成させたんでしょ？」

「ええ。確実な方法とか、あの子が死ぬとか死なないとかは関係ないの。一番驚かせて騙したい相手にトリックを仕掛け、成功させた。十分気が済んだし、この後どうなっても受け入れるわ」

声を震わせながらも断言し、日高は目を伏せた。やがて嗚咽《おえつ》を漏らして泣き始め、その頬を伝った涙がマットの穴にぽたぽたと落ち、吸い込まれていった。

日高が落ち着くのを待ち、時生は彼女を水上結芽に対する殺人容疑で逮捕した。それを電話で村崎に報告すると、すぐに楠町西署の捜査員たちが駆け付けて来た。

後処理があるので、時生は日高を村崎に託した。手錠をかけられた日高は村崎と藤野に付き添われ、庭園の出入口前に停められた署のセダンに乗り込んだ。時生は南雲と、少し離れた場所からそれを見ていた。その周りを、捜査員たちが慌ただしく行き交っている。

遠ざかって行くセダンを眺めていると複雑な気持ちになり、時生は言った。

「日高が水上さんを信頼し、誇りに思っていたのは本当でしょう。しかし水上さんに引け目も感じ、『仕事では私が上』と考えることで自分を保っていたのかもしれません。一方水上さんはそれに気づいていて、日高と張り合う意味もあって折坂さんと付き合い、独立を決めた。ひと言で言えば女性同士の隠れたライバル心、マウントの取り合いってことになるんでしょうけど、男性同士でもあり得るし、人ごとじゃないな」

最後にため息をついた時生に、南雲が「だね」と頷く。時生はさらに言った。

「『穴を掘る者の上に、穴は崩れる』……言い得て妙だな。南雲さん。日高が犯人だと気づいていましたね？　いつから？」

「二人でマイ企画に行った時からだよ。壁に飾られていた写真の中に、日高のOL時代のものがあった。あそこに錯視を利用した道路標示が写り込んでいたんだ。白やオレンジ、青を使った矢印で、車に乗ってる人からは立体的に見える。あれが勝田さんが見たという穴と結び付いて、ピンときた」

そう答え、南雲は身を翻して庭園の中に戻り始めた。後に続き、時生は頷いた。

「その矢印なら、覚えています。変わったデザインだなとは思いましたけど」

「あとは日高の服装。写真ではカラフルなものを着ているのに、僕らの前では黒い服ばかりだった。色彩心理学的に黒を好むのは、人と比べられたくない、同時に自分を評価して欲しいという相反する気持ちの表れだと言われている。まさに日高の心理状態でしょ?」

時生の頭にOL時代の写真を「嫌だ。恥ずかしい」と言いつつ、南雲に作業服とヘルメットが似合うと褒められ、はにかんだように笑っていた日高の姿が蘇った。「確かに」と頷いた時生に、南雲は続けた。

「でも確信を得たのは今朝、日高のCGイラストを見た時だよ。さっき見せたイルカとキリン、ドラゴンだけど、どれも3Dアートでよく使われるモチーフなんだ。体の大きさと長さが十分あって、躍動感のあるポーズを取らせやすいからね。あとはイラストの構図。3Dアートの絵は左右の壁と床の三面を使って描かれることが多くて、これは鑑賞者が絵の中に入り込むようにして、モチーフが飛び出して来るみたいな迫力を出すため。僕はモチーフのチョイスと構図、さらに影の付け方でこれは3Dアートのために描かれたものだと悟ったんだ」

「そうだったんですか」

もろもろ納得し感心もした時生だが、本宮の時と同じように「だったら教えて下さいよ」とも思う。それを伝えようとした矢先、南雲はスケッチブックを開いて語りだした。

「現場の穴も、日高の精神的メタファーと考えれば腑《ふ》に落ちるんだ。言ったよね？　これは怒りと痛み、パトスの象徴で」

とたんにうんざりし、時生は「はいはい」と返して足を速めようとした。

「昨日小暮くんは僕が十二年前と変わってないと言ったけど、きみも同じだね。時間が止まってるみたい」

ふいに話を変えられ振り向いた時生と、笑顔の南雲の目が合う。

昨日と同じように「若いまま」と言いたいのか？　あるいは……。戸惑って警戒感も覚え時生が黙っていると、「南雲さん」と通路の向こうから刑事が一人駆け寄って来た。手に南雲が持ち込んだ穴のマットの写真が表示されたタブレット端末を持っているので、何かの確認だろう。立ち止まった南雲は刑事と話しだし、時生はその脇を抜けて通路を進んだ。すると今度は、「よう」と井手が現れた。

「お手柄だな。被害者《ガイシャ》の雇い主が犯人《ホシ》で、凶器が偽物の穴だったとはな。完全に読み間違えてたよ」

気まずそうに言い、片手で禿げ上がった頭を叩く。向かいで足を止め、時生は返した。

「いえ。僕も折坂がホシだと思ってました。日高を逮捕《アゲ》られたのは、南雲さんのお陰です」

「ダ・ヴィンチ刑事の名に恥じねえ名推理って訳か。で、そのダ・ヴィンチ殿だけどな」

そこまで言うと井手は時生の肩に腕を回し、一緒に南雲に背中を向けさせた。そしてその姿勢のまま、囁きかけてきた。

「小耳に挟んだところじゃ、ダ・ヴィンチ殿はあの立ち振る舞いが原因で上層部《うえ》を怒らせ、本庁を追い出されたらしい。腕はいいから現場からは外せねえが、片っ端から断られて引取先が見つからねえ。で、『南雲の相手をできるのはあいつしかいない』ってことで、かつての相棒のお前にお鉢《はち》が回ってきたんだ。つまり、うえは始めからお前と組ませるつもりで、ダ・ヴィンチ殿を楠町西署《うちしょ》に配属したんだよ」

だから、小耳に挟んだんじゃなく調べたんでしょ。突っ込みは浮かんだが、時生の頭はすぐに別のことを考え始める。

「納得いかねえだろうが、がんばれよ。俺もできるだけのことはするから……昨日、署の廊下でダ・ヴィンチ殿とやり合ったんだってな。原因はダ・ヴィンチ殿が俺の読みを否定したからだろ？　嬉しかったよ。ありがとな」

「えっ？　いや」

訂正しかけた時生だが思い直し、「ええ。今後も力を貸して下さい」と返した。「任せとけ」と井手が時生の肩を叩き、二人で通路を進みだした。時生が振り向くと、南雲はまだ刑事と話していた。

17

後片付けを済ませた時生は、南雲たちと署に戻った。刑事課の取調室では既に聴取が始まっていて、日高は素直に応じているという。その後は事件解決後の恒例の飲み会が開かれたが、主役の南雲はいつの間にか姿を消していた。そこで時生が南雲の分まで飲んで食べ、帰宅したのは午前一時過ぎだった。

既に家族は就寝し、時生は物音を立てないように家に入り、風呂場で冷たいシャワーを浴びて酔いを醒《さ》ました。Tシャツとハーフパンツに着替え、二階に上がって自室に入った。

明かりを点け、壁際の棒を取って天井に向けた。耳を澄ましてから棒で扉を開け、梯子を下ろした。梯子を上がり小屋裏収納に入ると、埃《ほこり》の匂いをはらんだむっとした空気が顔に当たった。こちらの明かりも点け、天井高が一メートル弱しかない狭いスペースを這《は》うようにして進み、奥の小窓を開けた。両脇には段ボール箱や古い家具、おもちゃなどが山積みにされている。

体を起こし、時生は窓の少し手前にあぐらをかいて座った。身を縮めつつも顔を上げ、深呼吸してから合板が張られた左右の壁を眺めた。

小窓の周りの壁には、大量の書類と地図、写真などが重なり合うようにして貼り付けられている。どれも捜査資料で、中には古びたもの、時生の書き込みがされたものもあった。写真には上から吊されたり、水中に横たえられたり、バスタブの中やベッドの上に倒れていたりする男女の遺体が写っている。

時生は床に置いたファイルを取って数枚の写真を出し、押しピンで壁に貼った。そこに写っているのは南雲で、黒い三つ揃いを着て手に蓋付きの紙コップを持っている。二日前の朝、署にほど近いコーヒーショップから出て来たところを盗撮したものだ。

「『取りあえず』じゃなく、コンビ再結成は確定か。それならそれでいい。絶好のチャンスだ」

そう呟くと胸がざわめき、様々な感情が湧き上がった。一方で頭は冷たく冴《さ》え、時生は眼差しを鋭くして写真の中の南雲を見つめた。

第二話

光源 Plenty of Light, Plenty of Shadow

1

二つの靴音が、重なり合って響いた。一つは小暮時生、もう一つは前を走る男のものだ。ここはビルに囲まれた狭い裏通りで、あたりは真っ暗だ。時生は必死に後を追うが、男との距離は縮まらない。

と、前を走る男が角を曲がり、黒いコートに包まれた背中が見えなくなった。わずかな間を空け、時生も角を曲がる。とたんに脇から男の腕が伸びて来て、拳が時生の顎を打った。頭に強い衝撃が走り、目眩《めまい》がして脚もふらつく。時生は仰向けでその場に倒れた。

意識はあるがはっきりせず、手脚は痺《しび》れて動かない。すると、靴音が近づいて来た。薄ぼやけた時生の視界に、黒革の手袋をはめた二つの手が現れる。それが前を走っていた男のものだと悟り、鼓動が速まった。

二つの手はゆっくりと、時生の顔に近づいて来た。衣擦《きぬず》れの音がして、男がこちらに身を乗り出したのがわかる。時生は必死にもがいたが、手脚はぴくりとも動かず、声も出ない。

さらに近づいて来た二つの手で、時生の視界は塞がれた。殺される。恐怖が全身を貫く。しかし同時にある違和感を覚え、時生の意識はそちらに向く。ここから逃れたいと思う一方、違和感の正体を見極めたいという欲望にもかられ、混乱する。

その時、男が動きを止めた。二つの手は時生の顔に触れるか触れないかの位置にある。ううっ、と時生の喉の奥から小さなうめき声が漏れた。すると視界から二つの手が消え、男がその場から立ち去る足音が聞こえた。足音の主を確めようと、時生は手脚に力を込めて身をよじらせた。

どすん。重たい音がして、体に衝撃が走った。左腕と左腰に鈍痛があり、時生は目を開けた。自室で、就寝中にベッドから落ちたのだとわかる。時生は床に手を突き、ゆっくり体を起こした。

左腕をさすりながら立ち上がり、ベッドサイドテーブルを見た。そこにはデジタル式の目覚まし時計が置かれていて、バックライトに照らし出された時刻は午前四時過ぎだ。ため息をつき、時生は物音を立てないようにドアを開けて部屋を出た。階段を下り、一階に行く。

薄暗い廊下を進み、ダイニングキッチンに入った。シンクに歩み寄り、蛍光灯のスイッチを入れて傍らの水切りカゴからグラスを取った。水道のハンドルを上げてグラスに水を注ぎ、ごくごくと飲んでいると後ろでドアの開く音がした。姿を現したのは姉の仁美。着古したスウェット姿で、伸びた前髪を頭の上でちょんまげのように束ねている。振り向いて、時生は言った。

「おはよう」

「おやすみ」

無愛想に返し、仁美は冷蔵庫のドアを開けた。これから寝るのか。どういう生活してるんだよ。呆れはしたが、口に出す元気はない。と、「はい」という声とともに冷蔵庫の脇から仁美の腕が伸びて来た。その手は湿布の箱を摑んでいる。

「またやったね？　地震かと思ったわよ。私の部屋、あんたの真下だから」

もう片方の手で冷蔵庫の中身を物色しつつ、仁美が告げる。

「ああ。ごめん。ありがとう」

詫《わ》びと礼を言い、時生が湿布を受け取ると、仁美は、

「あんたも大変だねえ」

と返し、腕を引っ込めた。何も応えず、時生はグラスをシンクに置いてダイニングキッチンを出た。

2

同じ日の午前八時過ぎ。南雲士郎は楠町西署近くのチェーンのコーヒーショップにいた。カフェラテをテイクアウトし、店を出る。

配属されて約二週間。東京も梅雨入りしたが、今日は晴天で朝の日射しが清々《すがすが》しい。いい日になりそうだな。そう思い、南雲は蓋付きの紙コップを口に運び、スケッチブックを脇に抱えた。通りを歩きだすと、大勢の人とすれ違った。

ふと、南雲は立ち止まった。傍らには狭い脇道があり、小さな住宅と飲食店が並んでいる。その一角に興味を惹《ひ》かれ、テンションが上がる。迷わず、南雲は脇道に進み入った。

3

朝のラッシュは終わってるはずだけど、道が混んでるな。時生がそう思った矢先、車の流れが滞ってセダンは停まった。隣から、ハンドルを握る剛田力哉が訊ねた。

「で、南雲さんは？」

「例によって、つかまらない。どこで何をしているのやら」

時生がため息交じりに答えると、剛田は「お疲れ様です」と笑った。車列が流れだして剛田はセダンを出し、時生は後部座席を振り返った。

「もう一度確認させて下さい。春日《かすが》さんはタレント事務所でマネージャーをされているんですね？」

「はい。タレント事務所といっても、所属しているのは俳優やモデルではなく動画投稿サイトへの投稿者、いわゆるユーチューバーですけど」

そう答えたのは春日元太《げんた》、二十九歳。前髪が鬱陶しそうなマッシュルームカットで、ポロシャツにチノパン姿だ。

「ユーチューバー専門の事務所ってことですか？　今はそういうのがあるんだ」

驚き、感心もして時生が言うと、剛田が返した。

「六十社以上あるはずですよ。春日さんがいるvol.《ボリューム》は規模は小さいけど、人気者を揃えています。中でも中倉雫《なかくらしずく》さんの『雫ガレージ』は、チャンネル登録者数三百万人に迫る勢いです」

「へえ」と相づちを打った時生だが、ユーチューブは子どもたちに付き合って見る程度なので、ピンとこない。

「日曜大工のチャンネルなんだっけ？」

続けて時生が問うと、剛田は「う〜ん」と整えた眉を寄せて首を傾げた。

「ちょっと違う。Do it yourselfの略でDIY、動画はDIY系と呼ばれています。家の修理やリフォーム、家具を作ったりリメイクしたり。ガーデニングが含まれる場合もあります」

「よく知ってるね。剛田くんもユーチューバーなの?」

「ええ。お勧めのコスメとか、スキンケアの方法なんかを紹介してます。もちろん匿名だし、変装もしてますよ」

剛田の説明を受け、春日が身を乗り出してきた。

「剛田さんのチャンネルも大人気で、うちの事務所にスカウトしようとして知り合ったんです。刑事さんだって聞いて、びっくりしました」

「まあね。僕の目標は、『かわいすぎる刑事《デカ》』だから」

きっぱりと剛田が返す。その目標は、高いのか低いのか。疑問を覚えた時生だが、話を戻した。

「で、春日さんは中倉雫さんを捜しているんですね?」

「ええ。一週間前から連絡が取れなくて、自宅にもいないんです。今までこんなことなかったから心配で、剛田さんに相談しました。お忙しいのに、すみません」

申し訳なさそうに言い、春日は細い肩をすぼめた。バックミラー越しに後ろを見て、剛田が返す。

「気にしないで。今はとくに事件は抱えてないし。ねえ、小暮さん?」

「ああ、うん」

楠町西署刑事課がとくに事件を抱えていないのは事実だが、書類作成やパトロールなどやるべきことはある。しかし剛田に手伝って欲しいと頼み込まれ、こうして出かけて来た。

間もなく、目的地である野牡丹町《のぼたんちょう》一丁目に着いた。通りの端にセダンを停め、三人で降りる。向かいの家を見て、剛田が声を上げた。

「わあ。動画で見たのと同じだ……雫さんの工房兼スタジオですよ」

そう説明され、時生も向かいに目を向けた。小さな二階屋で、外壁には濃い茶色の木材が、縦向きと横向きを部分的に変えて張られている。

「裏が大家さんのお宅で、いずれ建て直すから好きに弄っていいと言われて借りたんです」

春日の補足に時生が、「えっ。これ、新築じゃないんですか?」と驚いていると、剛田は「行きましょう」と促し玄関に向かった。時生たちも続き、春日が雫から預かっているというカギを出した。が、カギを木製の青いドアに差し込むと、春日は訝しげな顔をして木製のバーを引いた。音もなく、ドアは開いた。

「さっきは留守だったのに……雫さん! いるんですか?」

そう声をかけ、春日は玄関に入った。剛田と時生も倣い、家に上がった。

廊下の左右にドアが並び、春日は奥の一つを開けて部屋に入った。広さ十五畳ほどで、リビングダイニングキッチンのようだ。向かった奥には、庭に面した掃き出し窓がある。

「ちょっと。あなた誰ですか？」

警戒を含んだ春日の声に、時生は視線を動かした。傍らの壁に腰高窓があり、その前に男が一人、こちらに背中を向けて立っている。そのクセが強く量が多めの髪を見るなり、時生は言った。

「南雲さん」

「やあ」

くるりと振り向いたその男は、やはり南雲だ。黒い三つ揃いを着て右手に表紙を開いた状態のスケッチブックを抱え、左手には青い鉛筆を握っている。時生は問うた。

「『やあ』じゃありませんよ。何してるんですか？」

「小暮くんがここに行くって携帯にメッセージをくれたでしょ。先に着いたから、大家さんにカギを開けてもらったんだ」

「それならそうと、報せて下さいよ……僕らの同僚の南雲です」

脱力しつつも告げると、春日はほっとしたように「刑事さんですか」と返した。剛田と南雲は「おはようございます」「おはよう」と笑顔で手を振り合い、それを見た時生はさらに脱力して問うた。

「じゃあ、ここに来た理由も伝わっていますね。何かわかりましたか？」

「床は無垢《むく》の板張りで、ソファとカーテンはオーガニックコットン。いわゆるナチュラル系の内装で、住人は暮らしに温もりや安らぎを求めているね。またテーブルや椅子などは、直線的で角張ったものが多い。これは規律と信頼、安定の象徴だよ」

滑舌よく語り、南雲は鉛筆を胸ポケットに戻してスケッチブックをこちらに向けた。そこには室内のソファやテーブル、さらにカーテンの柄などが緻密なタッチで描かれている。

「うわ、巧い。さすが藝大卒」

丸い目をさらに丸くして剛田がスケッチブックを覗き込み、春日も倣う。一方時生は呆れて返した。

「そうじゃないでしょ。僕らは中倉雫さんを捜しに来たんですよ。手がかりは？」

「ない」

平然と応える南雲に苛立ちを覚えた時生だが、気持ちを切り替えて訊ねた。

「春日さん。雫さんの知り合いや行きそうな場所は、全部当たったと言っていましたよね。連絡が取れなくなる前、雫さんがトラブルを抱えていた様子は？」

「ありません。いつも通り週に一度、僕と打ち合わせをして、月曜と木曜の午後七時に動画を投稿していました」

「そうですか。動画の撮影はこの部屋で？」

「家中で撮影しています。ここは雫さんの手で生まれ変わった、いわば彼女の作品なんです。以前はこんな風だったんですよ」

春日は言い、ジャケットのポケットからスマホを出して操作した。差し出された画面には、灰色の塗り壁に青い瓦屋根の、ありふれた古い二階屋の画像があった。

「同じ家とは思えませんね」

時生が驚くと、春日は「ええ。リフォーム前のこの部屋です」と他の写真を見せた。色褪せた畳とシミだらけの砂壁の和室で、引き戸で仕切られたキッチンは薄暗く、床はビニールタイル張りだった。顔を上げ、春日は続けた。

「引き戸を外して、居間とダイニングキッチンを繋げました。畳を剝がして板を張り、砂壁の上には壁紙を貼ったんです。ガレージを工房にしているので、材料の加工などはそこでしています」

「へえ。すごいな」

感心し、時生は改めて室内を眺めた。

太い梁《はり》が走る天井に、部屋の左右で色柄の異なる壁紙。壁の前には棚がいくつか置かれ、そこに置き時計やフォトフレーム、洋書や写真集などがバランスよく収められている。床に引き戸の溝が残っていたり、壁に和室の長押《なげし》を活用したと思しき棚が作り付けられているが、言われなければリフォームしたとはわからない。

だけど、すごくお金がかかってるな。庶民には真似できないよ。時生はふと思い、それに応えるように春日は言った。

「でも、意外とリーズナブルなんですよ。天井の梁をよく見て下さい。木目柄の粘着テープを貼った発泡スチロールの箱に突っ張り棒を入れて、壁と壁の間に取り付けています」

「えっ⁉　本物の木だと思ってた」

つい声を上げ、時生は梁を見直す。春日は「でしょう」と笑い、今度は壁際に置かれた横長の棚を指した。

「それと、あれ。元は縦長の洋服ダンスだったんです。扉とハンガーパイプを外して横向きに置いて、中に棚板を取り付けました」

「本当に⁉　うちにも使い道に困ってる、古くてデカい洋服ダンスがありますよ。こうやって活用すればいいのか」

感動して返し、時生は棚に歩み寄った。確かに内側にはハンガーパイプを外した痕があり、枠と棚板は木材の質感が違う。テンションが上がり、時生は振り返った。

「南雲さん、剛田くん。すごいよ」

そう告げて視線を巡らせると、部屋の反対側に二つの背中があった。そちらの壁際にも置かれた棚の前にかがみ込んでいる。ここに来た目的を思い出して気を引き締め、時生は二人のもとに向かった。

「すみません、つい……何をしているんですか？」

「これを見て下さい」

振り向き、剛田が答えた。その指は棚の脚を指している。

「よく見て。棚が動かされた痕がある」

続けて南雲も言い、時生は身をかがめて目をこらした。脚の下の床に、わずかにだが白く擦《こす》れたような痕が付いている。「確かに」と頷いた時生に、南雲はこう続けた。

「棚をどかしてみよう。床下か壁の中に隠し部屋があって、雫さんはそこに閉じ込められてるのかも」

「そんなバカな」

時生は眉根を寄せ、後ろから来た春日も言う。

「撮影のために移動したんでしょう。雫さんは思いつくとすぐ行動するので、家具や雑貨の模様替えはしょっちゅうだし、壁紙やカーテンが別のものになってたなんてことも、珍しくありません」

「ですよね」と時生が頷くと、南雲は語りだした。

「小暮くん。かのレオナルド・ダ・ヴィンチは、こう書き残しているよ。『形あるものはすべて光と闇に囲まれ、光と闇の衣をまとっている。闇の部分だけ、または光の部分だけを見ていたのでは、物体の細部についての認識は貧しいものになるだろう』と」

とたんに春日がきょとんとし、時生は慌てて「わかりました。動かします」と告げて棚の脇に回った。が、南雲は満足げに微笑んだだけで動かず、剛田も突っ立ったままだ。「ちょっと」と時生が文句を言おうとした矢先、「手伝います」と春日が進み出て来た。時生は「すみません」と会釈し、春日と二人で幅一メートル、高さ八十センチほどの棚を部屋の端に移動させた。空いたスペースに、南雲と剛田が歩み寄る。

「どう?」

元の場所に戻りながら、時生は問うた。さっき春日が部屋の掃き出し窓を開けてくれたが、棚が重たくて軽く汗ばんでしまった。前屈みになっていた体を起こし、剛田が返す。

「何もないです」

「やっぱり」

息をつき、時生は剛田の隣を見た。南雲は怪訝そうに首を傾げ、床と真新しいライトグレーの壁紙が貼られた壁を眺め続けている。春日を振り返り、時生は問うた。

「他の部屋も見られますか?」

「ええ。ご案内します」

そう答え春日がドアに向かったので、剛田と一緒に後に続く。時生たちが廊下を歩きだして間もなく、スケッチブックを抱えた南雲もリビングダイニングキッチンから出て来た。

4

「おお！」

ふいに声を上げ、南雲は助手席のシートから背中を浮かせた。隣でセダンのハンドルを握る剛田が「何ですか？」と訊ね、後部座席の時生も視線を前に向けた。

「イタリアの美術史家が、『アンギアーリの戦い』に関する新たな論文を発表するらしい。『アンギアーリ〜』は、レオナルド・ダ・ヴィンチが一五〇四年頃からイタリア、フィレンツェのヴェッキオ宮殿の大広間で描き始めた未完の壁画なんだ。これがルーベンスによる模写」

滑舌よく説明し、南雲は剛田、時生の順で手にしたスマホの画面を見せた。ネットニュースを見ていたらしく、馬にまたがった男たちが剣を手に闘っていると思しき絵が表示されている。しかし白とベージュ、グレー等、似通った色調で描かれているのでわかりにくい。時生はノーコメントで剛田も「はあ」とだけ返したが、南雲は続けた。

「この壁画は、一五五五年頃に始まった大広間の改装で塗りつぶされたと言われてる。でも後年、レーダーやX線検査で調べたら、改装で設けられた壁の下にもう一枚の壁が隠されていて、新旧の壁の間には一インチ、つまり約二・五センチの隙間があるとわかったんだ。もちろん、この隠された旧《ふる》い壁には『アンギアーリ～』が描かれているはずで、調査が進められているんだ。今回の論文では、その進捗状況がわかるかもしれない。楽しみでしょ？　わくわくするよね」

最後は隣に顔を突き出し、目を輝かせて捲《まく》し立てる。剛田はまた「はあ」とだけ返し、前を向いてこう続けた。

「レーダーやX線って、美術の世界でも使われているんですね。僕らはスピード違反の取り締まりとか所持品検査、人物の識別なんかでお馴染《なじ》みですけど」

「僕が言いたいのは、そういうことじゃなく……でもまあ、その通りだけど。美術の世界では鑑定や分析のためにレーダーやX線、CTスキャンなどが用いられているよ。絵の具の顔料《がんりょう》から、その絵が描かれた年代ではあり得ない成分が検出され、贋作《がんさく》だと判明するなんてことも珍しくない」

がっかりしたような顔をしたのも束の間、朗々と語る。蘊蓄《うんちく》を披露できれば、何でもいいのか。そう思い、時生はげんなりした。

あのあと三十分ほどかけ、中倉雫の工房兼スタジオを見た。応接室やバスルーム、トイレなど、どこもしゃれていて創意工夫が凝らされ、ガレージにはプロ並みの工具が揃っていた。さっき春日と別れ、今は楠町西署に戻る途中だ。立場上、後部座席に座るべきは南雲で乗車の際に時生が促したのだが、「僕は助手席が好き。小暮くんが後ろに座って」と返された。

赤信号でセダンを停め、剛田は話を変えた。

「南雲さん。今も絵を描いているんでしょう？　今度見せて下さいよ」

「いや。才能に見切りを付けて、学生時代に筆を折ったよ」

そう答え、南雲はスマホをジャケットのポケットに戻した。そのやり取りに時生が耳を傾けていると、剛田は南雲が膝に載せたスケッチブックを指し、さらに訊ねた。

「でもさっき、ソファやテーブルの絵を描いてたじゃないですか」

「これは絵とは呼べないよ。きみらも聞き込みをする時に、メモを取るでしょ？　それと同じで、僕の場合は文字の代わりに線や形を使う。その方が早いし、記憶もしやすいんだ」

「すごいなあ。さすがはダ・ヴィンチ刑事って感じ……ねえ、小暮さん？」

感心し、運転席の剛田が振り向く。時生が「ああ」と曖昧に返すと、剛田は怪訝そうな顔をしてからこう続けた。

「そうか。小暮さんは、前にも南雲さんと組んで捜査をしたことがあるんですよね」

「まあね」

また曖昧に答え、時生は目の端で南雲を窺った。こちらの会話は耳に入らないように、俯いてスケッチブックのページを捲っている。時生と南雲が組んだので、剛田は時生の元相棒、井手義春と組んでいる。時生たちのいきさつは、井手に聞いたのだろう。

「ちなみに捜査って、どんな」

と、剛田がさらに続けようとしたので、時生は「南雲さん」と呼びかけた。手を止め、南雲が振り向く。

「雫さんの工房兼スタジオの他の部屋を見て、気づいたことはありますか？」

「基本的に僕の美意識とは相容れないって点以外、特には。強いて言うなら、カーテンの一部やベッドカバーに幾何学《きかがく》模様が使われていたのが引っかかるかな」

「幾何学模様？」

「そう。心理学的に、幾何学模様は不安や不信の現れと言われているんだ。一方家具は、温もりと安らぎを求めるナチュラル系。矛盾してるよね」

また語り、南雲はスケッチブックを開いて見せた。確かにそこには、波状の曲線が連なった模様のカーテンや、大小の菱形《ひしがた》を組み合わせた柄のベッドカバーが描かれていて、時生も見覚えがある。と、剛田が言った。

「そう言えば、一階のソファのクッションも色違いの正方形が並んだ柄でしたよね……どういうことでしょう。雫さんは何かの事件に巻き込まれたとか？」

「いやいや。ただの模様だから。プレゼントされたものを使ってるのかもしれないし、刑事がそんなことで考えを左右されちゃダメだよ。とにかく、署に戻ろう」

そう話をまとめ、時生は南雲のスケッチブックを押し戻した。「そんなことって、ひどいな」と不服そうだった南雲だが、

「でも、署に戻るのは賛成。じきに昼休みだし、今日から署員食堂でカレーフェアが始まるんだよ。ちなみにフェアの目玉は、僕が監修したマトンカレー」

と嬉々《きき》として続け、前に向き直った。たびたび姿を消しては、そんなことをしてたのか。時生はうんざりしたが、剛田は「わあ。超楽しみです」と声を弾ませ、信号が変わったのかセダンを出した。

5

楠町西署に到着し、三人で二階の刑事課に向かった。部屋に入り、刑事課長・村崎舞花の机に歩み寄る。時生が「ただいま戻りました」と声をかけると、村崎はノートパソコンの液晶ディスプレイから顔を上げた。

「お疲れ様です。野牡丹町一丁目の事案はいかがでしたか?」

「連絡が取れないという女性の工房兼スタジオに行って来ました。中倉雫さん、三十三歳。職業はユーチューバーで、既婚。夫の中倉太陽《たいよう》さん、三十五歳はＩＴ企業を経営しており、夫妻に子どもはいません」

そう答え、時生はジャケットのポケットから雫の写真を出して村崎に見せた。春日に借りたもので、雫は長い髪を束ねて赤いつなぎを着込み、両手にトンカチと刷毛《はけ》を持って笑っている。丸い目と、先端がわずかに上を向いた鼻がチャーミングだ。

「一週間連絡が取れず、警察に捜索を依頼したのは夫ではなくマネージャー？」

表情を動かさずに村崎が問う。上半分が縁なしのメガネをかけ、ダークグレーのパンツスーツを着ている。時生が「はい」と頷き、隣の剛田が口を開いた。

「マネージャーの春日さんの話では、太陽さんは出張で留守がちだったそうです。雫さんも作業のために工房兼スタジオに泊まり込んで、一キロほど離れた自宅マンションには帰らないことが多かったとか。でも春日さんは、『夫婦仲は良好で、雫さんの様子に変わりはなかった』と話しています。工房兼スタジオも、見た感じ異状はありませんでしたけど」

そこで言葉を切り、剛田は後ろの南雲を見た。車中で言われた幾何学模様云々を気にしているらしいが、南雲は無言。スケッチブックを抱えて所在なげに立っている。村崎も南雲を見たので、時生は急いで先を続けた。

「異状はありませんでしたが、確認したい点はいくつかあります。雫さんは人気ユーチューバーで、DIY関連の書籍の出版やイベントへの出演なども含めると年間四、五千万円の所得があったはずです。SNSなども利用しており、人知れずトラブルを抱えていたのかもしれません。マネージャーには行方不明者届を提出させましたが、僕らも動いた方が賢明ではないでしょうか」

「私もネットを見ましたが、動画の更新がないので、中倉雫さんのユーチューブチャンネルのコメント欄は安否を心配する声で溢れています。万が一、事件に巻き込まれていたとしたら、警察の不手際だと後で批判される可能性もあり、最低限の捜査は必要でしょう。ただし単独捜査、とくに思い込みによる発言と行動は厳禁です」

そう告げて、村崎は南雲に「いいですね？」と念押しした。「えっ、僕？」と驚き、南雲が自分を指す。他に誰がいるんだよ。呆れた時生だが、「わかりました」と一礼し、南雲を急かしてその場を離れた。

井手も合流し、今後の捜査を相談した。昼休みになり、四人で五階にある署員食堂に行くために廊下を歩いていると、向かいから制服姿の若い女が近づいて来た。瀬名花蓮巡査、刑事課で事務を担当している署員だ。「お疲れ様です」と会釈する瀬名に、時生と井手は会釈を返し、南雲と剛田は手を振る。と、瀬名は時生に「お客様ですよ」と告げた。

「僕に？」

そう時生が訊ねた直後、瀬名の後ろから誰かが首を突き出した。

「よう」

「野中《のなか》さん⁉」

時生が声を上げると、野中はにやっと笑った。小さな口からやや大きめの前歯が覗き、両頰にえくぼが浮かぶ。と、南雲も言った。

「琴音《ことね》ちゃん？ 久しぶり」

「南雲さ〜ん。会いたかった！」

声を張り上げ、野中は腕を伸ばして南雲に抱きついた。それを抱き留め、南雲も笑う。その様子に井手と剛田が啞然とし、廊下を行き交う署員たちも驚いてこちらを見た。慌てて、時生は言った。

「こちらは野中琴音さん。本庁科学捜査研究所所属の公認心理師で、僕と南雲さんとは古い知り合いです」

「科捜研のプロファイラーさんって訳か。それはそれは」

意味深に呟き、井手は野中を眺めた。前髪を額の真ん中で分けたショートカットで、身につけているのはライトグレーのシンプルなパンツスーツ。しかしそのインナーは、胸に手榴弾《しゅりゅうだん》を握った手のイラストが入った、どこかのロックバンドのグッズと思しき黒いTシャツだ。視線に気づいたのか、野中は南雲から離れてこちらに向き直った。

「失礼しました。野中と申します。近くまで来たので、小暮くんの顔を見に寄りました」

背筋を伸ばして一礼し、きびきびと説明する。つられて井手と剛田も一礼して名乗ると、野中は口調を砕けさせて訊ねた。

「小暮くんとは同い年で、同期入庁なんですよ。この人、真面目なのはいいけど所帯じみたことを言いません？　誰かがちょっと贅沢すると値段を訊いて、『高っ！』『○○なら百円なのに』って騒ぐとか」

「言います！　ちょっと前に、一杯三百五十円のコーヒーで騒がれました」

片手を上げて剛田が訴え、「やっぱり⁉」と返した野中と顔を見合わせて笑う。そこに井手が「いやいや。一杯三百五十円は高いだろ」と加わり、三人で笑う。あっという間に場が和み、時生は唖然とし、南雲はにこにこと野中たちを眺めていた。と、「そうだ」と呟いて野中が南雲を振り向いた。

「古閑《こが》塁《るい》さんの情報はないですか？　連絡は取ってるんでしょう？」

「いや、全然。彼も忙しいからね」

笑顔で南雲が答え、野中は「え〜、残念」と肩を落とした。また剛田が言う。

「古閑塁さんって、画家の？」

「うん。藝大の同級生なんだ」

南雲が返し、目を輝かせた野中が語る。

「剛田さん、物知りね。私、現代アートの鑑賞と収集が趣味なの。とくに古閑さんの大ファンで」

「僕も古閑さんの絵、好きです。有名ブランドとコラボしたり、すごい売れっ子ですよね」

剛田も語りだすと、南雲が時生を見た。

「久々の再会だし、二人でランチして来たら？　僕はマトンカレーが売り切れる前に食堂に行かないと……琴音ちゃん、またね」

笑顔をキープしてそう告げ、南雲は廊下を歩きだした。野中に会釈して剛田が続き、井手も「マトンって羊だろ？　ラムと紛らわしいんだよなあ」とグチりながら歩きだす。それを見送り口を開こうとした時生の肩を、野中が脇からがっちりと摑み、言った。

「じゃ、行こうか」

6

喉を鳴らしてグラスのビールを飲み干し、野中は顎を上げた。

「うまい！　昼酒《ひるざけ》、最高」

そう言い放ち、高らかに笑う。周囲のテーブルの客が振り向き、時生は口の中のそばを慌てて飲み込んだ。

「周りに迷惑だから……本当に大丈夫なの？」

「今日は半休を取ったんだから、どこで何を飲もうと勝手でしょ。ほら、連れのグラスが空いたわよ」

グラスを突き出し、野中が騒ぐ。南雲たちと別れた後、時生は野中と楠町西署を出て最寄り駅の近くにあるこのそば店に入った。

時生は割り箸をテーブルに置き、ビールの瓶を取って話を続けた。

「所帯じみてるって、ひどくない？　それに同期入庁は本当だけど、野中さんは研究職員で警察官じゃないし」

「ごちゃごちゃうるさい。久しぶりに私に会ったんだから、もっと喜びなさいよ」

顔をしかめて言い、野中は時生がビールを注いだグラスを口に運んだ。「はいはい」と返し、時生は瓶をテーブルに戻した。

野中琴音とは、十二年前の事件で知り合った。特別捜査本部が設置され、当時本庁の捜査員だった時生と南雲、さらに科捜研の研究員である野中も招集された。時生と南雲はコンビを組んで捜査に当たり、プロファイラーとしての野中の意見を仰いだ。時生同様、当時は駆けだしだった野中だが、誰にでもずけずけとものを言い、スーツにロックTシャツという格好。しかし明るくさっぱりした性格で場の空気を読むのが上手く、何よりプロファイラーとして優秀なので、現場の皆に好かれていた。

ビールをさらに一口飲み、野中は話を変えた。

「最近また、うなされてベッドから落ちてるんだって?」

「姉貴から聞いたの? まだ付き合いがあるんだ」

問いかけながらそういうことかと納得し、時生は箸を取ってそばをつまんだ。

同い年ということもあって打ち解け、時生と野中は捜査の合間に飲みに行くようになった。ときには時生の自宅で飲むこともあり、野中は偶然遊びに来ていた仁美と会って親しくなった。さっきは井手たちに「近くまで来たから」と話していた野中だが、本当は仁美から時生の様子を聞き、訪ねて来てくれたのだろう。

「あるわよ。友だちだもん……ずっと治まってたのになんで? と思ったけど、わかった。南雲さんでしょ。まさか、小暮くんと同じ署に配属されるとはね」

途中で真顔になり、野中はグラスをテーブルに置いて時生を見た。

十二年前の事件の捜査は、ある出来事をきっかけに行き詰まり、やがて事件は未解決のまま特別捜査本部は解散した。時生はその出来事の当事者で、事後たびたびその夢を見てうなされ、ベッドから落ちるようになった。悩んだ末、時生は野中にだけ事情を話し、しばらく彼女のカウンセリングを受けていた。

「治まったっていうのはウソじゃないけど、ずっとじゃなく、ほんの一時《いっとき》だけどね。心の中で返し、時生はそばをすすった。野中は言う。

「しかも、また南雲さんとコンビを組んでるんでしょ? 嫌でも十二年前のことを思い出すわよね。この際、上官に相談した方がいいんじゃない？　ベッドから落ちるほど激しい寝返りを打つのはレム睡眠行動障害といって、体が夢の中と同じ動きを取るからなの。放っておくともっと動きが激しくなったり、大声を出したりするようになるケースもあるんだから」

身振り手振りを交えて訴えた野中だったが、時生が無言でそばを食べ続けているのに気づき、身を引いた。

「相談はお断りなのね。気持ちはわからなくもないけど……なら、また定期的に私のカウンセリングを受けて。いいでしょ？　話を聞かせてよ」

「カウンセリングはともかく、話を聞いてもらうのはいいな。ほとんど南雲さんのグチになると思うけど」

顔を上げて時生が返すと野中は「ああ」と頷き、箸を取ってエビの天ぷらを食べた。

「想像がつくわ。食いしん坊なところとか、隙あらば始まるダ・ヴィンチ蘊蓄とか、相変わらずなんでしょ？」

「相変わらずどころか、パワーアップしてるよ。無茶苦茶やってるクセに、一部の人には妙にウケがいいところがイラッとくる」

眉をひそめて語りだした時生に、野中が声を立てて笑う。

仁美姉ちゃんの気遣いも、野中さんの申し出もありがたい。でも、十二年前の事件を追い続けてる僕にとってあの夢は貴重な情報だし、ベッドから落ちた時の痛みも、意志を貫くための代償なんだ。心の中で語り、時生は左腕をさすった。今朝ベッドから落ちた時の痛みはまだ少し残っていて、それは時生に夢の内容を思い出させた。闇に響く靴音と、殴られた顎の衝撃。迫り来る黒手袋をはめた二つの手と、そこに覚えた違和感……。鳥肌が立つのを感じながら、時生は笑みをつくり野中との会話を続けた。

7

セダンの前に着き、時生はジャケットのポケットからスマホを出した。画面のボタンをタップし、動画の再生を始める。

「——という訳で、ホームセンターなどで買ったすのこで簡単に棚が作れます。しかも釘《くぎ》を使わず、結束バンドで組み立てちゃうのが雫スタイル」

赤いつなぎを着た中倉雫はそう語り、コンクリートの床に置いた棚を指した。幅五十センチ、奥行き二十センチほどの白木のすのこを五枚組み合わせたもので、連結部分にはプラスチック製の白い結束バンドが使われている。雫さんの後ろに工具をぶら下げた壁が映り込んでいるから、ガレージで撮影したんだな。今朝工房兼スタジオを訪ねた時の記憶を辿《たど》りながら時生が動画を見ていると、雫はこう続けた。

「所要時間三十分。ウソだと思うでしょ？　では、やってみましょう。スタート！」

雫が片手を上げてそう告げると、画面が切り替わった。別撮りの早送り映像で、床にかがみ込んだ雫がすのこと結束バンドを使い棚を組み立てていく。アップテンポのBGMが流れ、画面の下には経過時間がカウントされた。間もなく早送りが終わり、雫が「完成！」と組み上がった棚を指す。経過時間は、二十九分五十七秒。

素人は三十分じゃ無理だよな。でも、子どもたちとわいわいやりながら組み立てるのは楽しいかも。そう考え、時生は動画に見入った。昼休みが終わり、野中と別れて署に戻った。午前中の打ち合わせ通り、剛田たちと手分けして雫の捜索を開始した。時生は外出するために、署の駐車場で南雲を待っているところだ。

「お待たせ」

その声で顔を上げた時生の目に、スケッチブック片手に通路を近づいて来る南雲が映る。

「いえ。署員食堂の職員さんとの打ち合わせはどうでした？」

「カレーフェアは大好評だから、次のフェアを考えて欲しいって言われたよ。で、何を見てるの？」

南雲に問い返され、時生はスマホの画面を見せて答えた。

「『雫ガレージ』、雫さんの動画です。発想がユニークで面白いですよ。雫さんは専業主婦だったんですけど、実家が工務店で建設現場で働いたこともあるそうです。二年前からD

IYアイデアの投稿を始め、去年春日さんの事務所にスカウトされたとか」

「へえ」

無関心丸出しな相づちを打ち、南雲はセダンの助手席のドアに歩み寄る。と、雫が言った。

「重たいものを載せたい時には、釘を使って下さいね。あと、外で使いたい人は棚に樹脂製の波板《なみいた》を張って屋根にするといいかも。屋根の形は三角の切妻がかわいいけど、簡単なのはフラットな陸《りく》屋根かな」

すると南雲は「ふうん」と呟き、時生の隣に来た。運転席に乗り込むため、時生は動画を停止しようとしたが、伸びて来た南雲の手がスマホを奪う。

「自分のスマホで見て下さいよ」

時生は抗議したが、南雲は「いいからいいから」と笑い、動画を見ながら助手席に乗り込んだ。

四十分ほどで目的地に着き、二人でセダンを降りた。港《みなと》区赤坂《あかさか》のオフィス街で、正面にはモダンな高層ビルがそびえている。

上りのエレベーターに乗り、三十二階で下りた。傍らに曇りガラスのドアがあり、その脇の壁に「QUASAR《クエーサー》 NET《ネット》 CO.LTD」という銀色の切り文字看板が取り付けられている。看板の下にはカウンターが設えられ、スタンド付きのタブレット端末が二台載っていた。

タブレット端末を操作して受付を済ませると間もなくドアが開き、若い男が出て来た。スーツ姿で縁なしのメガネをかけている。

「楠町西署の刑事さんですか？　中倉のアシスタントの三宅《みやけ》と申します」

そう名乗り、若い男は会釈した。首から提げたＩＤカードには「社長室　三宅章央《あきお》」とある。会釈を返し、時生も名乗った。

「はい。小暮と南雲です。お忙しいところ申し訳ありません」

「いえ。こちらにどうぞ」

三宅がドアの中に戻り、時生と南雲も後に続いた。短い廊下を抜け、オフィスに入った。天井の高い広々とした空間で、ガラス張りの壁の向こうには都心の街並みが見える。フローリングの床の上にはしゃれたテーブルと椅子が点々と置かれ、そこでラフな格好の若い社員たちがパソコンやタブレット端末を操作したり、打ち合わせをしたりしている。

「カフェかレストランみたいですねえ」

時生は感心し、南雲は「フリーアドレスオフィスってやつだね」とコメントする。「はい」と頷き、三宅はオフィスを進みながらこう続けた。

「弊社はＷｅｂ広告の代理店で、四十八名の社員はそれぞれクライアントを抱えています。個々のデスクを持つよりこの方が効率的で、社長室もないんですよ」

「社長室も？」

時生が驚くと三宅は再度「はい」と頷き、オフィスの奥のテーブルに歩み寄った。テーブルには男が二人着いていて、三宅は奥の一人に声をかける。男は時生と南雲を一瞥してから立ち上がり、隣のテーブルの女性社員に「コーヒーお願い」と告げた。女性社員は「はい」と応え、立ち上がった。前を向き、男が一礼する。

「お世話になります。中倉です」

時生と南雲も挨拶し、手前の席に着いていた男がテーブルを離れた。三宅の勧めで席に着き、時生は質問を始めた。

「先ほど電話でお伝えしたように、奥様の雫さんを捜しています。マネージャーの春日さんが行方不明者届を出されたのはご存じですか?」

「さっき連絡がありました。でも、大袈裟なんじゃないかな。前にも妻と二、三日連絡が取れないことが何度かあって、すごく心配したんですよ。だけどその度に、『温泉をはしごしてた』とか『エステで全身磨き上げてた』とか言って、元気に帰って来ましたよ。リセット願望って言うのかな。妻はストレスが溜まると、全部放り出したくなるみたいです。『せめてメールして』と頼んだんだけど、『それじゃ意味ないの』と言われました」

戸惑ったように眉根を寄せ、太陽は答えた。顔立ちは地味だが体格はよく、日焼けした肌にデニム地のスーツが似合っている。「そうですか」と頷き、時生はさらに問うた。

「しかし今回は一週間です。春日さんの話では、LINEのメッセージも既読にならないそうですし。太陽さんもメッセージを送ったり、電話をかけたりされましたか？」

「いいえ。前にしたら『余計帰りたくなる』と言われたもので。でも、連絡を絶った理由は思い当たります。今年の秋からテレビのBS放送で、妻がDIYアイデアを紹介する番組が始まるんです。すごく喜んでましたけど動画の投稿もあるし、相当なプレッシャーだったようです」

「なるほど」

テレビの件は初耳なので、時生は手帳にメモした。隣の南雲もスケッチブックを開いてはいるが、こちらの会話には関心なさそうにページを捲っている。と、そこにさっきの女性社員が来た。トレイからコーヒーが入ったマグカップを取り、テーブルの時生たちの前に置く。さっそく南雲がマグカップを摑み、コーヒーを飲んだ。

「おいしい。豆は安物だけど、ちゃんと蒸らしてるね」

そう告げて、女性社員に微笑みかける。「豆は安物」は言わなくていいだろ。時生は焦ったが女性社員は「ありがとうございます」と笑顔で会釈し、通路を戻って行った。太陽と三宅が怪訝そうな顔をしたので、時生は質問を再開した。

「太陽さんが最後に雫さんと会ったのはいつですか？　それから大変失礼ですが、お二人の間にトラブルなどはありませんでしたか？」

「十日前の朝の九時頃、自宅で会ったのが最後です。妻は最近仕事場に泊まり込んでいて、着替えを取りに来たんです。僕も出社するところだったので、『ちゃんと食べてる？』『大丈夫。あなたも体に気をつけてね』みたいな話をして別れました。そんな感じですれ違いの多い夫婦ですけど、僕は満足していますよ。妻が専業主婦だった頃から、『外に出て好きなことをしなよ』と勧めていましたし」

太陽は時生の目をまっすぐに見て答えた。「わかりました」と返し、時生は最後の質問をした。

「雫さんは一週間前の午後六時頃、春日さんとビデオ通話で打ち合わせをしたそうです。その三十分後、春日さんはまた雫さんに電話しましたが繋がらず、今に至ります。その時、太陽さんはどこで何を？」

「一週間前の午後六時ですね。ちょっと待って下さい」

そう答えたのは三宅だ。ジャケットのポケットからスマホを出し、操作する。

「社内で会議中でした。弊社の大阪オフィスで行われた会議に、Ｗｅｂで参加しました」

「わかりました」と応え、時生は素早くメモを取った。

8

太陽に礼を言い、クエーサーネットを出た。次の目的地は楠町西署管内の外れで、近くを流れる川を渡れば神奈川県だ。時生は通りを曲がって短いアプローチを進み、平屋の建物の前にセダンを停めた。建物のドアの脇に掲げられた「飛田《とびた》工務店」という年季の入った木製の看板を眺めつつ、時生は南雲とセダンを降りた。曇天で気温も湿度も高いが、弱い川風が吹いていて心地いい。

ガラスのドアを開けると一方に小さなカウンターがあり、その奥に事務机と棚、デジタル複合機などが置かれていた。事務机の一つには、三十代半ばぐらいの女性が着いている。

「こんにちは。さっきお電話した楠町西署の小暮です」

時生が会釈すると、女性は勢いよく立ち上がった。

「雫ちゃんの件ですよね？ すみません、夫はまだ戻ってなくて。十分ぐらい前に川崎《かわさき》にある資材置き場を出たと連絡があったんですけど。どうぞ、おかけになってお待ち下さい」

そう捲し立て、女性はカウンターの向かい側にある応接セットを指した。ここは雫の実家の工務店で、春日の話では数年前に病気で引退した父親に代わり、雫の兄・飛田栄貴《えいき》、三十六歳が社長を務めているそうだ。会社の裏には自宅もあり、栄貴一家と両親が暮らしているらしい。

応接セットのソファに座り、お茶を出してくれた女性と話した。女性は凪子《なぎこ》といい、栄貴の妻で雫の義姉だった。

「では雫さんは、マネージャーやご主人と連絡を絶って実家に戻っていたこともあったんですね」

湯飲み茶碗のお茶をすすりながら時生が問うと、脇に立った凪子は「ええ」と頷いた。ベージュの作業着にジーンズという格好で、足元はサンダル履きだ。

「『疲れた』と言って、三日ぐらいひたすら寝ていました。太陽さんから電話があっても、雫ちゃんは『いないって言って』と頑《かたく》なでした。応対するのは私なので正直困ってたんですけど、仕方がないかなあって」

最後のひと言が引っかかり、時生は「ですよねえ」と同調した。すると凪子はさらに言った。

「だって太陽さん、ひどかったもの。前に雫ちゃんがスマホの留守電のメッセージを再生してるのを聴いちゃったんですけど、『ふざけるな』とか『調子に乗るな』とか言ってましたよ。『絶対許さねえ』とも」

「確かにひどい。太陽さんは日常的に暴力を振るっていたんでしょうか。雫さんはそれから逃れるために、行方をくらましていたとか？」

「それはないです。暴力なんて振るったら、うちの夫が何をするか。夫は雫ちゃんを溺愛してるんです。だから太陽さんは、言葉で雫ちゃんを攻撃してたみたい。そういうの、何て言うんでしたっけ」

「モラルハラスメント、略してモラハラですね。言葉や態度で相手を精神的に傷付け、追い込む嫌がらせです」

時生が返すと、凪子は「そう、それ！　モラハラ」と声を上げた。

風向きが変わったな。心の中で呟き、時生はソファの隣を見た。が、そこに南雲の姿はなく、時生は視線を巡らせた。と、カウンターの奥の壁際に、黒いジャケットの脇に深紅のスケッチブックを抱えた後ろ姿があった。

「何やってるんですか」

そう問いかけると南雲はくるりと振り返ったが、時生ではなく凪子に言った。

「これ、素晴らしいですね。つい見とれちゃいました」

その手は、壁の天井近くに取り付けられた神棚《かみだな》を示している。白木で神社の拝殿を思わせる建物がつくられ、中央に丸い鏡が飾られている。その左右には榊《さかき》を活けた白い瀬戸物の花器と、杯や皿のようなものも並べられていた。建物は幅八十センチ、高さは五十センチほどあり確かに立派だが、どこが「素晴らしい」のか時生にはわからない。すると、南雲は語り始めた。

「樹齢を重ねた檜《ひのき》の木目の活かし方、棟持柱《むなもちばしら》の重量感、勝男木《かつおぎ》や千木《ちぎ》の細工はもちろん、錺金具《かざりかなぐ》類の精巧さたるや……こんなに美しい三社造《さんじゃづくり》の神棚は初めて見ました」

「ありがとうございます。夫の手作りなんですよ。細かな作業が得意みたいで」

「ますます素晴らしい！　ご主人は熟練の職人であるのと同時に、アーティストだ」

そのテンションの高さに時生はうんざりし、凪子も戸惑って「はあ」と返す。満足げに微笑み、南雲は神棚に向き直った。と思いきや、パンパンと柏手《かしわで》を打ち、お辞儀をした。

時生は凪子に「すみません」と告げて立ち上がり、南雲の隣に行った。

「神棚って、関係者以外の人間がお参りしてもいいんですか？」

そう囁くと南雲は顔を上げ、あっさり答えた。

「知らない。お参りの作法も適当」

「何ですか、それ」

時生が脱力した時、後ろでドアが開いた。振り向いた時生の目に、メタルフレームのメガネをかけた大柄な男が映る。

「遅れました。雫の兄です」

汗の滲んだキャップを脱ぎ、栄貴は頭を下げた。作業服の上下を着て首にタオルをかけている。時生はドアの方に向き直り、「いえ」と返し挨拶をしようとした。が、大股で近づいて来た栄貴が喋《しゃべ》りだす。

「雫に何かあったんですか？　俺もさんざん電話やメールをしたけど、ダメでした」

「いや」

言いかけた時生を遮り、栄貴はこう続けた。

「太陽の仕業なんじゃないですか？　あいつが雫に……ちくしょう」

眼差しを鋭くし、栄貴は身を翻してドアに向かった。驚いた凪子が「ちょっと！」とその腕を摑み、時生も「落ち着いて下さい。まだ何もわかっていないんです」と引き留める。我関せずとばかりに、南雲はまた神棚を眺めだした。

9

午後四時過ぎに、楠町西署に戻った。剛田たちも帰署していたので、村崎に聞き込みの結果を報告した。

「雫さんの失踪には、夫の太陽が関わっていそうですね」

報告を聞き終えると村崎は言った。自分の机に着き、向かいに立つ時生と剛田、井手を見ている。机の脇には、刑事係長の藤野尚志の姿もあった。

「はい。春日さんに再確認したところ、これまでも連絡が取れないことはあったそうです。しかしそういう場合も仕事には支障を来さないようにしていたし、一週間音信不通というのは初めてだとか」

手帳を手に時生が返すと、剛田も言った。

「同感です。雫さんの鑑取《かんど》りをしてSNSも調べましたが、とくにトラブルは見つかりませんでした」

鑑取りとは事件の容疑者・被害者の交友関係を捜査することを指す警察の隠語で、事件現場周辺など、地域を決めて聞き込みをすることは地取《じど》りという。村崎が返す。

「しかしマネージャーの春日さんは、太陽のモラハラを知らなかったんでしょう?」

「言いたくても言えなかったんですよ。事務所は雫さんと太陽をセレブ夫婦として売り出そうとしてたようだし。太陽はこれまでの雫さんの失踪はストレスのせいだと話した。だがそのストレスの原因は仕事じゃなく、太陽自身だったってことです」

答えたのは井手。ため息交じりの、そんなこともわからないのかと言いたげな口調だ。たちまち藤野が眉をひそめたので、時生は急いで話を続けた。

「太陽はオフィスをフリーアドレスにしたり、雫さんに『外に出て好きなことをしなよ』と勧めたと話す一方、僕らに出すコーヒーを仕事中の女性社員に淹れさせていました。私見ですが、太陽はリベラルにふるまいつつ、すごく封建的な人間なんじゃないでしょうか」

そう説明するとクエーサーネットと飛田工務店での聞き込みの記憶が蘇り、手応えを覚えた。「なるほど」と頷いた村崎だったが、表情を動かさずにこう続けた。

「しかし思い込みは禁物です。雫さんと連絡が取れなくなった一週間前の午後六時過ぎ、太陽は会議に出席していてアリバイがあります。春日さんと兄夫婦のアリバイは?」

「春日さんは別のユーチューバーの撮影に立ち会うために、中目黒《なかめぐろ》の住宅街を歩いていたそうです」

「飛田栄貴は川崎にある工務店の資材置き場で作業中、凪子は買い物に行っていたと話しています」

剛田、時生の順で答えると、村崎は言った。

「三人ともアリバイは不確かということですね。では、雫さんのスマホを調べましょう。本人が所持していて電源は入っていないようですが、令状を取って通話履歴とメッセージデータを取り寄せます。みなさんは雫さんの足取りの洗い出しと、中倉太陽のさらなる鑑取りをお願いします」

「はい」

時生と剛田、井手が声を揃えて返す。「すみません」と挙手し、剛田が付け加えた。

「太陽のアリバイを確認してもいいですか？　多分、Ｗｅｂ会議の様子は録画してあると思うので」

村崎は「いいでしょう」と頷き、時生に向き直って問うた。

「ところで、南雲さんは？」

「あっ！」

声を上げ、時生はこの場に南雲がいないことに気づいた。

10

どこで何をしているのか携帯のメッセージで問うと、珍しく南雲から返事が来た。そこに記された住所に向かうため、時生は楠町西署を出た。

着いたのは、大通りから一本入った狭い脇道だった。小さな民家と飲食店が軒《のき》を連ね、その一角に古い二階屋があった。木造で、屋根と庇《ひさし》には色の褪せた灰色の瓦が載っている。玄関の木製の格子戸《こうしど》の脇には、「ぎゃらりー喫茶　ななし洞《どう》」と飾り気のない文字で書かれたスタンド看板が置かれていた。呑気《のんき》にお茶してる場合か。苛立ちを覚え、時生は格子戸を開けた。

薄暗く天井の低い、店名通り洞穴《ほらあな》のような空間だった。横と向かいの壁には、大きさも材質も異なる額縁がずらりと並び、中には様々な絵画が収められている。額縁は壁際の棚とテーブルの上にも並び、他にも絵皿や花瓶、彫像などが陳列されていた。その光景とカビの匂いをはらんだ空気に一瞬怯《ひる》んだ時生だったが、店内に入った。飴《あめ》色の床板を軋ませ、棚とテーブルの間の通路を進むと、傍らのカウンターが目に入った。カウンターの上にも額縁や絵皿などが並んでいたが、その奥に捜していた顔を見つけた。

「南雲さん」

歩み寄りながら声をかけると、南雲は振り返って「やあ」と笑った。木製の椅子に座り、スマホを手にしている。正面のカウンターにはスケッチブックが載っていた。

「ここ、いいでしょ？　通勤途中に見つけたんだ」

「捜査報告を抜け出して、何やってるんですか」

「まず座ったら？　でも、立ち振る舞いには気をつけて。この店、逸品《いっぴん》揃いだよ。ちなみにその菓子皿は魯山人《ろさんじん》、向こうの油彩《ゆさい》はユトリロ」

スマホの画面に視線を戻して告げ、南雲はカウンターの上と脇の壁を指した。しかし、ものが多すぎてどれかわからない。呆れて言葉を返そうとした時、時生は視線に気づいた。

カウンターの中に女がいた。金髪のショートボブに白い着物を着て、火の付いていない長い煙管《きせる》を手に時生を見ている。中年以上なのは確かだが、濃い化粧もあって年齢不詳。切れ長の目と先の尖った高い鼻が、どことなく魔女っぽい。白い着物は死に装束《しょうぞく》かと思ったが、よく見ると亀の甲羅《こうら》に似た六角形の細かな模様が入っていた。その迫力と眼差しの鋭さに時生がたじろいでいると、女は赤い口紅で飾られた口を開いた。

「あんたもデカかい？」

低いがよく通る声で訊ね、時生をじろじろと眺める。「うん」と南雲が答え、スマホの画面を見たままこう続けた。

「楠町西署の小暮時生くん……こちらは店主の永尾《ながお》チズさん」

紹介を受け、時生は「どうも」と会釈したが、チズは無言で微動だにしない。仕方なく、時生はカウンターの椅子を引いて座り、改めて店内を見回した。

「署の近くに、こんなお店があったなんて……ホットコーヒーを下さい」

笑顔で注文したが、チズは細い眉をしかめ、いかにも面倒臭げにちっ、と舌打ちをした。

「えっ⁉ だって表に、『喫茶』って看板が……じゃあ、南雲さんは？」

うろたえ、時生は隣を見た。返事はなく、南雲はカウンターの奥に置かれた蓋付きの紙コップを取って口に運んだ。紙コップには、表通りにあるチェーンのコーヒーショップの店名とロゴマークが印刷されている。

「持ち込み？　この店、何なんだよ。訳がわからなくなり、時生はカウンターの中を見た。ステンレス製の調理台とコンロがあり、ガラス製のサイフォンやポットなどが置かれているが、どれもくすんで埃まみれだ。と、チズはくるりと身を翻し、後ろの壁に歩み寄った。手を動かす気配があり、店内にラジオの通販番組が流れだす。ますます訳がわからなくなったが気を取り直し、時生は隣に囁きかけた。

「南雲さん。課長から許可が下りたので、中倉太陽を洗いましょう。雫さんの失踪には、やつが関わっている可能性が高い」

「でもクエーサーネットは、東京証券取引所に株式の上場申請をしているらしいじゃない。

いくらモラハラ夫でも、そんな時に奥さんをどうこうするかな」

スマホから目をそらさず、南雲は返した。捜査報告は抜け出すのに、そういうことは調べているんだな。感心しつつもしゃくに障り、時生も返す。

「それはそうですけど、そんな時だからこそ、どうこうしたら隠そうと考えるんじゃないですか？　いずれにしろ、行方不明者の捜索は時間が勝負です。行きましょう」

「悪いけど、一人で行って。僕はやることがあるから」

「やることって？　ていうか、さっきから何を見ているんですか？」

怒りを堪えて問いかけ、時生は南雲のスマホの画面を覗いた。そこには動画の投稿サイトが表示され、赤いつなぎ姿で脚立に乗り、刷毛で壁にペンキを塗る女の動画が再生されていた。音声はミュートになっているが、中倉雫のＤＩＹ動画だ。

「『雫ガレージ』。すごい数で、大変なんだよ」

時生を見ていかにも楽しげに答え、南雲は視線をスマホに戻した。

今朝、雫さんの工房兼スタジオを見た時には「僕の美意識とは相容れない」とか言ってたクセに。さらに怒りを覚えた時生だったが、南雲が単独で動く時には理由がある。それは前回の事件の捜査、さらに十二年前の経験でも明らかなので無下にはできない。頭を巡らせ、時生は立ち上がった。

「わかりました。でも、署には一緒に戻りましょう。後で迎えに来ます」

そう告げると南雲は「ＯＫ」と応え、片手をひらひらと振った。店の奥に入ったのかカウンターの中にチズの姿はなく、時生はななし洞を出た。結局コーヒーは出て来ず、代金も要求されなかった。

その後、時生は雫の自宅マンションと工房兼スタジオ周辺の聞き込みをした。その結果、マンションの階下の住人が男の怒鳴り声やものが落ちるような音を複数回聞いていたとわかった。また一週間前の午後五時頃、犬の散歩で工房兼スタジオの前を通りかかった近所の住民が、男女が言い争う声を聞いていたことも判明した。

11

翌朝は雨だった。楠町西署に出勤した時生が玄関で傘を畳んでいると、井手も来た。

「よう」

「おはようございます。今日は一日雨らしいですよ」

挨拶を交わしながら署に入り、一階のロビーを進む。手前にソファ、奥に各種手続きのためのカウンターがある。受付が始まる八時半までは三十分以上あるが、ソファには数人の市民が座っていた。顔見知りの署員と挨拶しながら、時生と井手は奥の階段を上がった。

「昨日の剛田と俺の捜査じゃ、春日さんと飛田夫妻のアリバイは立証できなかった。だが、三人には雫さんに何かする動機がねえ。お前がモラハラ行為の裏を取ったたし、この事件《ヤマ》の重要参考人は太陽で決まりだな」

井手が言い、時生は「ええ」と頷いた。

「しかし、太陽にはアリバイがあります。自宅や工房兼スタジオの怒鳴り声と物音も、シラを切られればそれまでですし」

「まあな……ダ・ヴィンチ殿はどうしてる？」

思い出したように井手が訊ね、時生は「ああ」と息をついて答えた。

「近くに気に入った店を見つけたようで、そこで雫さんの動画を見ています。昨夜『家でも引き続き、最近のものだけでも全部見る』と話してたし、課長への言い訳を考えないと」

「まあ、動画に手がかりがあるかもしれねえしな。で、ダ・ヴィンチ殿の家ってどこだ？」

「金柑町《きんかんちょう》のはずですけど、詳しくは知りません」

そう答えた時生だったが、実際には金柑町三丁目のマンションだと把握しているし、帰宅する南雲を尾行したこともある。「へえ。割と近所だな」と井手が呟き、二階に着いた。

廊下に出てすぐ、向こうから剛田が駆け寄って来た。

「おはようございます。見て欲しいものがあります」

「おはよう」と返してから、時生は剛田が昨日と同じスーツを着ているのに気づいた。

「剛田くん。徹夜したの？」

「ええ。でも、昨夜は当番だったから。クエーサーネットから取り寄せたWeb会議の録画映像を見てて、すごいことに気づいちゃったんです」

興奮気味に説明し、剛田は身を翻した。時生と井手も付いて行く。警視庁の刑事課では六日に一度当番勤務、つまり当直がある。

三人で廊下を進み、刑事課の部屋に入った。傍らに大きなテーブルに椅子がセットされた応接兼打ち合わせスペースがあり、そこに向かう。剛田は奥の椅子に着き、テーブルの上のノートパソコンを操作した。時生と井手はその両脇に立つ。

「会議はクエーサーネットの本社と大阪支社を繋いで午後五時から行われていて、それは昨日の三宅章央の証言通りでした」

そう告げて、剛田はノートパソコンの液晶ディスプレイを指した。そこには四角い枠が表示され、大きな机の両側に着いた若い男女がこちらを見ている。枠の端には別の小さな枠があり、そこには黒いジャケットに白いカットソー姿の太陽も映っていた。剛田がエンターキーを押すと、ノートパソコンのスピーカーから「――それはもっともなんだけど」と聞き覚えのある声が流れ、枠内の太陽の口が動いた。そこに「ええ」「はい」といった若い男女の声が重なる。

「会議開始から二十分ぐらいは、太陽はこんな風に喋ってるんですよ。問題はその後」

言葉を切り、剛田はノートパソコンを操作して映像を早送りした。早送りが止まって再生が再開されると、若い男女が意見を述べ、会話を交わす様子が流れた。小枠の中の太陽は、小さく頷きながらそれを聞いている。小枠を指し、剛田は告げた。

「ほら。全然喋らなくなったでしょ？　頷いたり首を傾げたりして、社員の話を聞いてるふりをしてますけど、これはダミーです。後日撮影した動画を、Ｗｅｂ会議の画面にはめ込んで合成する。ライブ配信ソフトを使えば簡単にできます。その分、ちょっと解析すれば速攻でバレるんだけど」

最後は呆れたような口調になり、小首を傾げる。その肩越しに井手が身を乗り出し、睨むように液晶ディスプレイを見て問うた。

「つまり太陽はこの会議には出ておらず、別の場所にいた可能性があるってことか？」

「可能性じゃなく、その通りです。昨夜課長の許可を得て、クエーサーネットが入ってるビルの防犯カメラの映像を確認しました。結果がこれ」

淡々と答え、剛田は再びノートパソコンを操作した。画面が切り替わり、液晶ディスプレイに別の枠が表示される。こちらも動画で、コンクリートの白い壁と黒いドア、その前を走る細い通路が映っている。ビルの裏口に設置された防犯カメラの映像だろう。

と、ドアが開き、黒いスーツに白いカットソーの男が出て来た。中倉太陽だ。太陽は周囲を窺うようにしながら通路を進み、姿を消した。画面の下に表示された日時は、八日前の午後五時半だ。

「会社を抜け出してやがるじゃねえか。五時半に赤坂を出れば、車でも電車でも六時過ぎには雫さんの工房兼スタジオに着く……やるな、半《はん》ぺら！　よし、太陽を引っ張るぞ。課長に報告だ」

ぎょろりとした目を輝かせて剛田の肩を叩き、井手は部屋の奥に向かった。その背中をきょとんと見送り、剛田は時生に訊ねた。

「今のは褒められたんですか？　半ぺらって？」

半ぺらとは半人前という意味なのだが、時生は苦笑して「出かける準備をした方がいいよ」とだけ答えた。慌てて、剛田がノートパソコンを片付け始める。親子ほどの年齢差に加え、キャラクターのギャップもすごい井手・剛田コンビだが、それなりに上手くやっているようだ。

12

午前十時過ぎ。クエーサーネットに出社した太陽に任意同行を求めた。その後、楠町西署に移動し、刑事課の取調室で聴取が開始された。

「それは、雫さんへのモラハラ行為を認めるという意味だな？」

井手は机の向かいに座る太陽を見て訊ねた。居心地が悪そうに体を縮め、太陽が頷く。

「ええ。妻に好きなことをしろと勧めはしても、家事がおろそかにならない範囲内でってつもりだったんです。でもあっという間に売れっ子になって、帰りは遅くなるし家の中はぐちゃぐちゃになるし。ついイライラして、責めるようなことを言ってしまいました。でも、暴力を振るったりはしていません。本当です」

最後は訴えるように、井手とその脇に立つ時生を見る。リベラルにふるまいつつ封建的って点も含め、読みが当たったな。手応えを覚え、時生は壁のマジックミラーに目をやった。その向こうには剛田と村崎、藤野がいてこちらを見守っているはずだ。

「そうですか」と返し、時生も訊ねた。

「では雫さんと連絡が取れなくなった八日前の午後六時頃、あなたはどこで何をしていたんですか？　そして、会議の録画映像を偽造してまでアリバイをつくった理由は？」

「商談をしていました。内密の話だったので、仕方なく」

「事件の証拠の隠蔽や偽造はまずいですね。手を貸した三宅さんも、同じことですよ」

言葉をぼかしつつも鋭く、時生は迫った。太陽は俯き、黙り込んだ。井手が言う。

「雫さんのスマホの記録を取り寄せた。雫さんは離婚を考えていたようだな。だがお前は納得せず、彼女をなじるようなメッセージを送り、最近は『ぶっ殺す』とまで書いていた」

「それは言葉の綾《あや》で」

顔を上げて反論しようとした太陽を遮り、井手はさらに言った。

「八日前の午後五時半。会社を出たお前は、雫さんの工房兼スタジオに行ったんじゃねえのか？　で、口論になり、カッとなって雫さんを――」

「俺が雫を殺したって言うのか⁉︎　冗談じゃない。暴力を振るったりはしてないと、いま言ったばかりだろ。そもそも、八日前にあいつのところには行ってない」

「僕」を「俺」に換えて語気も荒らげ、太陽が反論する。すかさず、時生は訊ねた。

「では、どこで何をしていたんですか？」

すると太陽はまた俯き、黙り込んだ。が、すぐに顔を上げ、意を決したように答えた。

「わかりました。本当のことを言います……商談をしていたというのは、ウソじゃありません。ただ、その相手がいわゆる反社の方で」

「なに⁉︎」

井手が声を上げ、時生も驚く。反社とは反社会的勢力の略で、暴力団や半グレ集団、その関係企業などを指す。

「俺も、そうとは知らず取引をしていたんです。うちは上場の申請中で、ことが表沙汰になれば審査に落ちます。だから刑事さんが来ると聞いて、映像を合成して会議に出ていたことにしようと――三宅にそう答えさせたのも、会議の他の出席者に口裏を合わせるように指示したのも俺です。部下たちは悪くない」

口調と眼差しから、真実を述べているとわかる。だが予想外の展開で、井手は呆然とし、剛田たちも驚いているはずだ。時生も驚き混乱したが、「では雫さんは？」という疑問が湧き、必死に思考を巡らせた。

13

同じ頃、南雲は「雫ガレージ」のここ数カ月分の動画を見終えた。スマホをカウンターに置き、蓋付きの紙コップを取ってぬるくなったラテを飲んだ。今朝表通りのチェーンのコーヒーショップで買ったもので、脇には既に空《から》になった紙コップが二つ並んでいる。

ここはなないし洞の昨日と同じ席で、カウンターの中には茶色の着物姿で煙管を手にした永尾チズがいる。店内にはコードレス掃除機を売るラジオの通販番組が流れ、商品説明を聴いたチズが顔をしかめ、「五時間充電して、使えるのはたったの三十分？」と呟く。昨日もアイスクリームの三十個セットを売る別の通販番組を聴き、「絶対冷凍庫に入りきらないだろ」と呟いていた。

南雲は紙コップをカウンターに戻し、後ろを振り返った。出入口の引き戸の脇に窓があり、外が見える。しとしとと降り続ける雨を眺め疲れた目を癒やしていると、ジャケットのポケットの中でスマホが鳴った。取り出して発信者を確認し、耳に当てる。

「小暮くん。おはよう」

「もう昼ですよ……中倉太陽を聴取しましたが、潔白《シロ》でした。八日前の午後六時には六本木の喫茶店で商談をしていて、店員から裏も取れました。太陽は反社会的勢力と付き合いがあり、商談の相手も」

勢いよく話しだした時生を「うん。わかった」と遮り、南雲は告げた。

「後で聞くけど、僕は太陽はシロだと思ってたから。女性が消えた原因はその夫なんて、月並みを通り越して陳腐だよ。つまり、美しくない」

すると時生が絶句したので、南雲は前に向き直って話を変えた。

「雫さんの動画、やっと見終わったよ。短いもので五分、長くても十五分程度なんだけど二百本以上あって、最近の分をチェックするだけでも大変だった。でも、収穫あり。僕の読み通りだったよ」

「どんな読みですか？　教えて下さい」

そう来るだろうと思っていたので南雲は「まだダメ」と笑い、語りだした。

「事件の捜査や推理ってすごくクリエイティブで、創作活動に近いと思うんだよね。だとすると、僕は創作の過程を公にはしない主義で」

「その話なら、むかし散々聞かされました。要は何か浮かんではいるけど、確信は持てないってことでしょ」

「そうだけど、はっきり言うね……でもせっかく電話をくれたんだし、ヒントをあげる。『光源の放つ光が明るいほど、照らされる物体の作る影は濃くなる』。レオナルド・ダ・ヴィンチの言葉だよ。もちろん、光源は雫さんのこと」

語りかけながら、南雲の頭には笑顔でトンカチやノコギリを手にする動画の雫と、昨日見た彼女の工房兼スタジオの光景が浮かぶ。しかし時生はため息をつき、返した。

「ヒントになってない、というか、ますます訳がわからなくなりました。確信が持てたら教えて下さい。ただし、勝手に動くのは禁止。いいですね？」

口調を強めて時生は問い、南雲が「わかったよ」と返すと通話は終わった。

さて、どうするか。心の中で言い、南雲はカウンターの上のスケッチブックを引き寄せた。と、目の前に何か突き出された。雑誌で、並んだ文字はイタリア語のようだ。顔を上げた南雲と、カウンターの向こうに立つチズの目が合う。

「あんた。ダ・ヴィンチが好きなんだろ？」

「ええ。どうも」

記事を読めということかと察し、南雲は雑誌を受け取って見た。いつの間にかラジオは止められ、店内には壁に掛けられた古い振り子時計の時を刻む音が響いている。

イタリアの美術雑誌らしく、絵画や彫刻などの写真と記事が載っていた。その中に、見覚えのある絵画の写真があった。「アンギアーリの戦い」の模写で、隣には壁と天井が豪《ごう》奢《しゃ》な絵で埋め尽くされた、広々とした部屋の写真もある。「アンギアーリ～」に関する新たな論文が発表されるというニュースで、写真の部屋はヴェッキオ宮殿だ。ざっと記事に目を通したが、内容は昨日署のセダンの中で読んだネットニュースと同じだった。それでもチズの気遣いを嬉しく思っていると、南雲の頭にネットニュースを読んだ後、剛田と交わしたやり取りが蘇った。

次の瞬間、頭に昨日一日の出来事が早送りで蘇り、聞いた話と交わした会話がフラッシュバックした。続けて大きな衝撃が走り、一つの閃きとともに頭の中が真っ白になる。と、そこにあるものが現れた。

螺旋状の骨組みに白い布を張ったスクリューと、その下の土台。前回の自動車事故の事案でも見た、レオナルド・ダ・ヴィンチの手によるスケッチにある空飛ぶ機械、通称「空気スクリュー」で、今回もCGイラスト化されている。前回同様、空気スクリューは南雲の頭の中を悠然と横切り、飛び去っていった。

気がつくと、南雲は立ち上がっていた。雑誌をカウンターに置き、向かいに告げる。

「チズさん、ありがとう。僕、ここの常連になります」

いきなりの宣言に面食らい、「そうかい」とだけ返したチズだったが、すぐに顔を引き締め、付け加えた。

「でも、コーヒーは淹れないよ。あのサル顔のデカにも言っておきな」

「はい」と頷き、南雲は再び席に着いた。スマホを取り、電話帳を開く。

小暮くんのことか。確かにサル顔だな。そう考えると笑みが浮かんだが、南雲が選んだのは小暮とは違う人物の番号。呼び出し音が流れ始め、南雲はスマホを耳に当てた。

14

蒸し暑さを覚え、時生は掃き出し窓を開けた。小さな庭に咲くアジサイやユリの花を、降り続ける雨が濡らしている。午後二時を過ぎたばかりだが、低く立ち込めた雲のせいで外は薄暗い。太陽がシロだとわかり、捜査は振り出しに戻った。迷った末、時生は春日に合いカギを借りてここ、雫の工房兼スタジオに来た。再度家の中を調べたが、手がかりになりそうなものは見つからなかった。

八日前の午後六時頃。雫さんとビデオ通話をした春日さんは、「映り込んでいた家具などから、雫さんが工房兼スタジオにいたのは間違いない」と話している。では、そのあと雫さんに何があったのか。考えを巡らせ、時生は振り返った。広いリビングダイニングキッチンには、昨日来た時と同じようにしゃれた家具や雑貨が置かれている。ふと、午前中に南雲と電話で交わした会話が頭をよぎった。あのとき聞いたヒントが何だったかを思い出していると、別の記憶が蘇った。

時生は窓の前を離れ、傍らの壁に歩み寄った。壁の前には昨日南雲に乞われて動かした棚があり、脚の下の床には擦過痕《さっかこん》も残っている。だが気になる点はなく、時生はかがめていた体を起こす。と、部屋の外で物音がした。何者かがドアを開け、玄関に入って来る。ドアに施錠し忘れたと気づくのと同時に緊張し、時生は耳を澄ました。

何者かは玄関から廊下に上がり、歩き始めた。足音と歩幅からして男が二人いる。足音は、リビングダイニングキッチンのドアの前で止まった。時生は素早くドアの正面に移動し、身構える。

きい、と音を立てドアが開いた。時生の目に、薄暗い廊下に立つ人物の姿が映る。黒っぽいシャツとパンツ姿の男。身長は百九十センチ近くあり、体格もいい。

「どなたですか？　楠町西署の者です」

努めて平静に問いかけ、時生は警察手帳を出して掲げた。男は面長で髪を短く刈り込み、鼻の下と顎の真ん中にヒゲを生やしている。歳は四十代前半だろうか。こちらを見下ろしたまま無言無表情の男に焦りを覚え、時生が口を開こうとした矢先、

「あれ。小暮くん？」

と声がして、男の脇からにゅっ、と別の男が顔を出した。驚いて、時生も言う。

「南雲さん!?」

「きみも来てたの。こっちの作業が終わってから呼ぼうと思ってたんだけど、まあいいか」

呑気に返し、南雲は男を促して入室させ、自分も続いた。いつもと同じ黒い三つ揃い姿で、脇にスケッチブックを抱えている。

「作業って、何の？」

「決まってるじゃない。僕の創作活動、いや、捜査だよ……春日さんとのビデオ通話の後、雫さんに何が起きたのか。その謎を解くカギはこの部屋、と言うより、そこにある」

後半は真顔になって告げ、南雲は傍らを指した。そこには、時生が眺めていた棚がある。

「またですか？　床の擦過痕なら、事件とは無関係だと思いますよ」

「僕が捜査したいのは床じゃなく、壁。その壁には何かある。だから彼を呼んだんだ」

そう答え、南雲は男を指した。見れば、男の足元には大きなダッフルバッグとジュラルミンケースが置かれている。慌てて、時生は視線を南雲に戻した。

「まさか、まだ隠し部屋があるとか思ってるんですか？　無許可で壁を壊したりしたら、犯罪ですよ」

すると南雲は「わかってるよ」と笑い、また男を指した。

「高階真樹夫《たかしなまきお》くん。文化財や美術品の非破壊検査を行う会社の社員で、僕とは旧知の仲だよ。見た目は怖いけど、保護ネコ二匹と暮らす心優しい男性だから」

「やめて下さいよ。恥ずかしいじゃないですか」

低く渋い声で返し、高階が苦笑する。目の脇にシワが寄り、今までとは別人のように柔和な雰囲気になった。唖然としつつ、時生はさらに訊ねた。

「非破壊検査？　じゃあ、その荷物は」

「ポータブルX線装置。昨日車の中で話したでしょ？　美術の世界では鑑定や分析のためにX線が使われるんだ。この装置でその壁にX線を照射すれば、壁を傷付けずに中がどうなっているか調べられる」

南雲が朗々と説明している間に、高階はダッフルバッグを開け、三脚とノートパソコンを出した。次にジュラルミンケースも開け、黒く大きな機械を取り出す。それがポータブルX線装置らしく、上部にハンドル、先端に筒状のレンズが付いていて、テレビカメラに似ている。

高階は三脚を壁の前に据えてポータブルX線装置を取り付け、ケーブルでノートパソコンと繋いだ。続けて病院などでよく見る放射線防護用の青いエプロンを身につけ、ポータブルX線装置とノートパソコンの電源を入れた。それを確認し、南雲は時生を促した。

「部屋を出よう。検査で照射するX線は微量だし、高階くんはエックス線作業主任者の資格も持ってるけど、念のため」

「いやでも」と戸惑う時生だったが、「いいから」と南雲に腕を引っ張られて廊下に出た。

時生は状況説明を求めようとしたが、南雲はスマホを出して弄りだした。十五分ほどで部屋のドアが開き、顔を出した高階が「終わりましたよ」と告げた。

二人で部屋に戻った。高階は壁の手前にあぐらをかいて座り、向かいのジュラルミンケースの上に置いたノートパソコンを操作している。撮影のために動かしたのか、壁の前の棚は部屋の隅にあった。時生と南雲は高階の両脇から、ノートパソコンの液晶ディスプレイを覗いた。そこにはモノクロでぼんやりとした、X線の撮影画像が表示されていた。画像には同じ太さの白い縦線が数本走っていて、それを指して高階は説明した。

「壁の中の柱です。ここは木造だから、材木だな」

「この模様みたいなのは？」

時生も画面を指して訊ねた。画面は全体にもやがかかったように白いが、そのもやをよく見ると、繊維のような凸凹が見える。高階は答えた。

「壁紙です。これの上に、いま表に出ている壁紙を貼ったんでしょう」

「なるほど。でも普通、新しい壁紙を貼る時は古いのを剝がすんだけど」

自宅の壁紙を貼り替えた時のことを思い出し、時生は首を傾げた。と、南雲が乞うた。

「棚を動かした場所の画像を見せて」

「了解」と太い首を縦に振り、高階はノートパソコンを操作して画面を切り替えた。表示された画像に柱は映っておらず、壁紙の織物状の模様がよく見える。それを眺めた時生は、あるものに気づいた。画像の中央にかすれたような黒い汚れがあり、周りには飛沫《ひまつ》のような点々もある。

「これ、まさか」

鼓動が速まるのを感じながら時生が言うと、南雲は「うん」と頷き、こう続けた。

「血だよ。多分、雫さんのね」

「どういうことですか？　雫さんはここで――」

「説明するから、焦らないで……高階くん、ありがとう。後で画像のデータを送ってね」

そう告げて南雲が微笑みかけると、高階は「はい。お疲れ様です」と会釈し、荷物をまとめて部屋を出て行った。時生に向き直り、南雲は話しだした。

「昨日車の中で小暮くんが見てた『雫ガレージ』を覗いた時、あることに気づいたんだ。雫さんは、すのこを外で使う場合は屋根を付けるといいと勧め、『三角の切妻がかわいいけど、簡単なのはフラットな陸《りく》屋根かな』と言った。覚えてる？」

「ええ。それがどうかしたんですか？」

「陸屋根。読み方として間違ってはいないけど、プロは普通『ろくやね』と言うんだよ。僕は建築学は囓《かじ》った程度だけど、関係者の知り合いは多いから聞いたことがあるんだ。もしやと思って他の動画をチェックしたら、案の定。雫さんは材木の裏表を間違えていたり、ペンキ塗りの養生《ようじょう》の手順が間違っていたりと、初心者レベルのミスが複数あった。建設現場で働いたこともあるっていう雫さんのプロフィールは、ウソか誇張。動画で紹介していたDIYのアイデアも、彼女が考えたものじゃないね」

「えっ⁉」

驚いた時生だが、だから南雲さんはずっと雫さんの動画を見ていたのかと合点もいく。

「もちろん、最初は自分で考えてたはずだよ。でも人気が出て事務所にスカウトもされて、よりレベルの高いアイデアを大量に用意しなきゃならなくなった。太陽からのモラハラもあるし、雫さんはすごく悩んだんだろうね。だから今回以前の失踪は、太陽の言うとおりストレスが原因だったと思うよ」

「DIYアイデアは他の人が考えていたってことですか？　ひょっとして、春日さん？」

「僕もそう思ったけど、違う。素人は、あんなにオリジナリティーのあるアイデアを出し続けられないよ。明らかに、プロの知識と経験に基づいたものだ」

南雲は断言し、時生の頭に汗の滲んだキャップをかぶった、大柄な男の姿が浮かんだ。

「飛田栄貴だ！　プロの大工だし、雫さんの兄でもある」

「その通り。DIYのアイデアを考えていたのは、栄貴だよ。でも、何かが原因でその関係は破綻した。ありきたりで美しくないけど、お金だろうね」

「いやでも」

言いかけた時生を片手を上げて止め、南雲は先を続けた。

「八日前の午後六時過ぎ。雫さんが春日さんとの通話を終えた後、ここに栄貴が来た。目的はお金の無心で、二人は言い合いになった。栄貴はキレ、その辺にあった鈍器、または仕事道具の工具か何かで、雫さんの頭を激しく殴った。雫さんは倒れて息絶え、周囲は血まみれ。焦った栄貴は、床や家具に付着した血と指紋を拭き取った。調べれば、ルミノール反応が出るはずだよ。で、問題のその壁」

言葉を切り、南雲は傍らを指した。つられて横を向いた時生の目に、高階がポータブルX線装置で撮影した壁が映る。

「栄貴は棚を動かし、壁に飛んだ血も拭こうとした。でもそのとき貼られていた壁紙は織物風の模様で、中に血が入り込んだりして落としきれない汚れが残った。で、栄貴は考えた。『上から別の壁紙を貼って、隠してしまおう。多少不自然でも、雫が撮影用にやったとごまかせるはずだ』。新たに貼られたのはDIY用の壁紙で、裏に接着剤が塗ってあるんだ。ガレージには壁紙がたくさんあったから、そこで見つけたんだろうね……僕の話はお終《しま》い。質問、異論反論、その他ご意見があればどうぞ」

にこやかに締めくくり、南雲は時生を見た。時生も南雲に向き直り、言う。

「僕も画像で見た汚れは血液で、雫さんのものの可能性が高いと思います。でも、栄貴の仕業だとは断定できません。DIY用の壁紙なら、誰にでも貼れるってことでしょう?」

「それはない」と真顔に戻って断言し、南雲はまた語った。

「誰にでも貼れるからこそ、上手い下手が顕著に表れる。これは明らかに熟練のプロ、しかも細かな作業に長《た》けた人物の仕事だよ」

その言葉に、時生はまた壁を見た。そこに貼られた真新しいグレーの壁紙には、確かに歪んだり空気が入ったりした箇所はなく、素人には難しい端の部分の処理も完璧だった。

と、時生の頭に昨日工務店を訪ねた時の、南雲と瓜子のやり取りが蘇った。神棚を褒める南雲に瓜子は栄貴の手作りだと説明し、「細かな作業が得意みたいで」と言っていた。

そうか。時生ははっとし、「だから僕らの前で太陽への怒りを露わにし、彼が疑われるようにしたのか」「妹を溺愛している自分が疑われる訳はないと考えたのか」とよぎった。

「課長に報告して、重要参考人として栄貴を引っ張りましょう。栄貴の会社と自宅、川崎にあるという資材置き場の捜索も」

前のめりで訴える時生を、スマホの着信音が遮った。南雲がジャケットのポケットからスマホを出し、誰かと小声で話す。通話を終え、南雲は視線を時生に戻した。

「その資材置き場の事務所を調べたら、床下から雫さんらしき女性の遺体が見つかったって。こうなるだろうと思って、さっき高階くんの作業を待っている間に、剛田くんに頼んだんだ。これで栄貴は、重要参考人から被疑者になった」

その満足げな顔。前の事件でも言ったけど、人が亡くなってるんだぞ。怒りを覚えた時生だが、それを伝えているヒマはない。「とにかく課長に報告です」と返し、スマホを取り出して村崎の番号に電話をかけた矢先、また記憶が蘇った。

「『光源の放つ光が明るいほど、照らされる物体の作る影は濃くなる』。光源が雫さんなら、照らされる物体は栄貴ですね。僕にそのヒントを言った時点で、事件の真相に気づいていたんですか？」

つい問いかけると南雲はさらに満足げな顔になり、「まあね」と応えた。

「でも、気づくというより導いてもらったって感じかな。誰に？　と言えば、もちろん偉大なる芸術家で僕の人生の師、レオナルド・ダ・ヴィンチ。そもそも、壁紙のトリックに気づいたのも、『アンギアーリの戦い』が隠されているというヴェッキオ宮殿の壁の話をしたからで――それはそうと、さっきの高階くん。X線装置での検査費用は、楠町西署に請求してもらうように言ったから。よろしくね」

言いたいことだけ言って手を振り、南雲はスケッチブックを抱えて部屋を出て行った。

「『よろしくね』って。ちょっと、南雲さん！」

うろたえ、その背中に呼びかけた時生だが、耳に当てたスマホから「村崎です」という声が聞こえた。南雲の後を追いつつ、時生は村崎に状況説明を始めた。

15

目覚めると、時生は薄暗がりの中にいた。自宅かと思ったが、傍らには襖《ふすま》があり、体の下は畳だ。と、襖が開いて井手が顔を出し、薄暗がりに光が差し込んだ。

「よう。起きたか」

「すみません。井手さんが、ここに寝かせてくれたんですか？」

そう返し、時生は起き上がった。ここは居酒屋の座敷で、井手の背後からは、隣の座敷で男たちが談笑する声が聞こえる。襖を大きく開け、井手は時生の隣に来て座った。

「ああ。いいから寝てろ。お前、このところ疲れてる様子だったもんな。あれだけ酒を飲みゃ、寝ちまうのは当然だ」

笑いながら告げ、井手は少し隙間を空けて襖を閉めた。「すみません」と繰り返し、時生もあぐらをかく。隙間から差し込む光で腕時計を覗くと、時刻は午後十時前だ。

今日はあの後、事態が急転した。時生の状況説明を聞いた村崎は剛田に指示し、飛田栄貴を死体遺棄罪の容疑で緊急逮捕させた。

楠町西署に連行された栄貴は聴取に対し、八日前の午後六時半頃、雫の工房兼スタジオを訪ねたこと、その後リビングダイニングキッチンで言い合いになり、雫の頭を殴打して殺害したこと、その事実を隠蔽するために室内の血痕や指紋を拭き取り、壁に壁紙を貼ったこと、加えて雫の遺体を乗って来た軽トラックで川崎の資材置き場に運び、ビニールシートでくるんで事務所の床下に隠したことを話した。そこで栄貴の容疑は殺人及び死体遺棄に切り替えられ、さらに聴取すると栄貴は、「父親の病気の治療でお金が必要になり、妹に頼んだが断られた。『誰のお陰で有名になれたと思ってるんだ』『離婚するから、お金が必要なの』と口論になり、カッとなって棚にあった置き時計で妹を殴ってしまった。溺愛して尽くしていたからこそ突っぱねられたのがショックで、自分を見失った」と涙ながらに告白した。南雲の読み通り「雫ガレージ」のＤＩＹアイデアの大半は栄貴が考えたものだった。鑑識係が現場を調べたところ、床や家具から血痕が付着していたことを示すルミノール反応が出、さらに問題の壁の壁紙を剥がすともう一枚の壁紙があり、そこからも血痕が検出された。

本格的な捜査はこれからだが、まずは犯人逮捕の祝杯をと、一時間ほど前から署に近いこの店で飲み会が始まった。前回同様、南雲はさっさと帰ってしまったので代わりに時生が二人分の酒を飲み、仲間のねぎらいに応えた。

「家事やら子育てやらで苦労が絶えねえ上に、ダ・ヴィンチ殿のお目付役だもんな。今回のヤマのホシもダ・ヴィンチ殿が突き止めたらしいが、お前は複雑なんじゃねえか？」

そう問いかけ、井手はネクタイを緩めた。時生同様、ジャケットを脱いだワイシャツ姿だ。質問の意味がわからず、時生が「はあ」と返すと井手はこう続けた。

「一緒に動いてると、嫌でも昔のことを思い出すだろ。『リプロマーダー事件』だ……小耳に挟んだんだが、お前はダ・ヴィンチ殿と組んであのヤマを追ってたんだってな」

　どれだけデカい小耳なんだよ。自分で調べたクセに。突っ込みは浮かんだが合点がいき、時生は「ええ」とだけ応えた。

「十二年前、東京都内で女性が殺害された。しかも、首を絞められたうえ三つ編みにした長い髪の先をロフトの柵に結びつけ、全裸でぶら下げられるという異様な状況だ。間もなく、それはジョット・ディ・ボンドーネという画家が描いた、『最後の審判』という中世の壁画の一部を模したものとの疑いがあるとわかった。すると今度は、郊外の川の浅瀬にドレス姿で横たわって浮かんでいる女性の溺死体が見つかり、ジョン・エヴァレット・ミレイの『オフィーリア』って絵の真似だと推測された。続いて、風呂場の浴槽で刺殺された男性が発見され、ジャック＝ルイ・ダヴィッドの『マラーの死』という絵の模倣らしいと判明した。マスコミが『再現』を意味する『ＲＥＰＲＯＤＵＣＴＩＮ』と、殺人って意味の『ＭＵＲＤＥＲ』をくっつけて『リプロマーダー事件』と称して騒ぐ中、本庁は一連のヤマを同一犯による犯行とみて、特別捜査本部を設置。お前とダ・ヴィンチ殿のコンビはそこで結成された。だろ？」

「よく知ってますね」

苦笑した時生だったが、酔った頭には捜査資料で見た遺体の写真と、模倣対象とされている絵画が浮かぶ。

最初の被害者の女性は、「最後の審判」の壁画に描かれた女と同じように後ろ手に縛られ、目と口を開いていた。二人目の被害者の女性も、「オフィーリア」の絵と同じく目と口を薄く開け、指を軽く曲げた状態の両手を、川面から覗かせていた。三人目の被害者の男性も「マラーの死」同様、裸で浴槽に入って片腕を外に出すという格好だった。そしてさらに……。と、「ところが、だ」と井手が声を張り、時生は我に返った。

「総力を挙げて捜査が行われる中、第四の事件が発生した。ビルの一室で手に拳銃を持って胸から血を流し、ベッドに横たわる男が発見されたんだ。自殺かと思いきや、これもエドゥアール・マネの『自殺』って絵を模した殺人だった。だが、それまでの二件と違ったのは、お前らコンビが犯行直後の現場に駆け付けたってこと。お前は現場から逃走する男を追ったが反撃に遭い、男は逃走した。以後、犯行は途絶え、リプロマーダー事件は今に至るまで未解決だ……当時は大変だったろ。ホシらしき人物の目撃者《マルモク》として何度も聴取された上に、取り逃がした責任を問われたんだって？」

ため息交じりに訊ね、井手はいたわるように時生を見た。

「ええまあ。でも殴られて脳震盪《のうしんとう》を起こして失神したので、何も覚えていないんですよ。で、使えないやつ認定されちゃって。リプロマーダー事件の特別捜査本部が解散した後も、南雲さんは本庁の刑事部に残れたんですけど、僕は所轄に異動になりました。刑事を続けていられるのは、奇跡ですよ」

そう答えながら、井手さんはこの調子で署中の人間に喋るだろうし、厄介なことになったなと思う。一方で、一番知られたくないこと、この十二年間ひた隠しにしてきた事実は漏れていないと、安堵《あんど》も覚えた。

「そろそろ戻りましょう。飲み直します」

声を張って告げ、時生は立ち上がった。

16

同じ頃、南雲は自宅にいた。金柑町三丁目のマンションではなく、本当の自宅だ。高級住宅街に建つモダンな邸宅で、広々としたリビングルームに置かれたテーブルに着いている。三つ揃いのジャケットは脱ぎ、ベストとワイシャツ姿だ。室内に流れるのはレオナルド・ダ・ヴィンチが活躍した盛期ルネサンス時代のミサ曲。聖歌隊による歌声は澄んで荘厳だが、曲を再生しているのはスマホで、室内に置かれた高級家具の間には封を開けていない段ボール箱や、紐で縛ったままの本が積まれている。

手を伸ばし、南雲はスマホの横に置いた紙箱の蓋を開けた。中には真新しい青い鉛筆が詰まっている。続けて、南雲はスラックスのポケットを探り小刀を出した。小刀の鞘《さや》を抜き、木製の柄を握る。そしてもう片方の手で紙箱から鉛筆を一本取り、握った。小刀の斜めにカットされた刃を鉛筆の先に当て、鉛筆を握っている方の手の親指で刃の峰をゆっくりと押す。刃先は鉛筆の表面を削り、しゃりっと音を立ててわずかな木くずがテーブルに落ちた。

南雲は両手を動かし続け、間もなく鉛筆の先は四センチほど削られ、先端には黒い芯が露わになった。芯の長さは一・五センチほどあり、細く尖っている。文字を書くためではなく、デッサンを行うための削り方だ。南雲は削り終えた鉛筆をテーブルに置き、箱から新たな一本を取った。小刀で削り始め、室内にはまたしゃりっという音が流れ、ミサ曲と重なる。二つの音は開け放たれたドアから、隣接する部屋にも流れ込む。

そこは寝室で、白い壁の前に黒い鉄製フレームのベッドが置かれている。しかしベッドの上にはマットも寝具も載っておらず、室内には他の家具などもない。

リビングルームから差し込む明かりが、ベッドの脇の床を照らした。そこには乾いて赤茶色になった複数の血痕が付着している。血痕の脇の床には、黄色いビニールテープが左右に一箇所ずつ、歪んだ楕円を描いて貼られていた。ビニールテープは古ぼけて端が捲れているものの、誰かがここに両足を投げ出し、ベッドに仰向けで倒れていたことを示す、警察の鑑識作業の蹟《あと》だ。

二本、三本……。南雲は鉛筆を削り続けた。テーブルには同じ形状に削られた青い鉛筆が並び、木くずは山をつくる。

ふと手を止め、南雲は小刀を眼前に掲げた。天井の明かりを受け、刃が鈍く光る。それを見た南雲の背中には冷たい快感が走り、知らず鼻歌をうたいだす。再び鉛筆を削る音とミサ曲、それに合わせた鼻歌がリビングルームに流れ、寝室に吸い込まれていった。

第三話

対価 Payback

1

道端に停めたセダンを降り、小暮時生は歩きだした。とたんに「ふあ～あ」と間の抜けた声がして、振り向くと南雲士郎があくびをしていた。歩を緩め、時生は咎めた。

「南雲さん」

「だって、夜中の二時だよ。せっかくいい夢を見てたのに」

髪の寝グセを直しつつ、南雲はぼやいた。黒い三つ揃いを着て表紙が深紅のスケッチブックを抱えるといういつものスタイルだが、表情はぼんやりして足取りも重い。

「どんな夢か聞きたい？　舞台は十五世紀のフィレンツェで、僕とレオナルド・ダ・ヴィンチが」

急に元気になり語りだした南雲に時生が「結構です」と返していると、向かいから若い男が駆け寄って来た。「お疲れ様です」と敬礼したその男は、楠町西署地域課の警察官だ。

今夜、時生と南雲は当番勤務だ。当番は午後四時から翌日の午前十時まで続き、交代で休憩と仮眠を取る。二十分ほど前に地域課から出動要請があり、時生は仮眠中の南雲を起こしてここ、綿菅町《わたすげちょう》二丁目にやって来た。返礼し、時生は問うた。

「お疲れ様です。現場はこの先ですか?」

「はい。周辺の封鎖は完了しています」

「わかりました。間もなく、鑑識係も到着するはずです」

やり取りしつつ、三人で薄暗い通りを進んだ。住宅街の中で、しんとして人通りもない。七月に入り真夏日が増えたが、朝晩はそう暑くない。

ほどなくして、現場に着いた。左右を住宅に囲まれた狭く急な階段で、長さは十五メートルほど。その階段を下りきった狭く平らなスペースに、男性が仰向けで倒れていた。顔は反対側を向いていて確認できないが、うなじなどの死斑が顕著なので死後五、六時間だろう。南雲とともに合掌一礼し、時生は階段を下りきった場所の塀に渡された黄色い規制線のテープ越しに男性を眺めた。身長百七十センチほどの中肉で、長袖のボーダーカットソーにコットンパンツ、スニーカーとカジュアルだが小ぎれいな格好をしている。

「まだ若い。学生かな」

時生の言葉に隣に立つ警察官が頷き、応えた。

「近くに大学のキャンパスがあります。この階段では以前、スマホを弄りながら下りていた学生が、足を滑らせて転落する事故が起きています」

「そうですか」

時生も頷き、スーツのジャケットのポケットから小型の懐中電灯を出した。スイッチを入れ、前方を照らす。

男性はこちらに右腕を投げ出すようにして倒れていて、その脇の地面にはスマホが転がっていた。足元には、ナイロン製の黒いリュックサックも落ちている。

この階段。長さはそれほどじゃないけど、傾斜がきつい。コンクリート製だし、打ち所が悪ければ死ぬだろうな。そう心の中で呟き、時生は懐中電灯の明かりを男性の後頭部に向けた。と、あるものが目に留まり、身を乗り出した。

男性はバックとサイドを刈り上げ、トップにボリュームを持たせたツーブロックヘアだ。バックの部分は髪の隙間から地肌が見えるのだが、そこに何かある。頭蓋骨《ずがいこつ》の後ろにある出っ張りの下の皮膚が二箇所、わずかな間隔を空けて赤くなっている。

「あれは何だろう。皮下出血して、少し陥没しているようにも見えるけど」

テープの内側に腕を伸ばし、時生は懐中電灯の明かりを男性の後頭部に近づけた。「確かにそうですね」と警察官が同意し、時生は呟いた。

「気になるな。ただの転落事故じゃないのかも」

「賛成。でも、彼は学生じゃないよ」

そう返したのは、警察官とは反対側の隣に立つ南雲だ。片手で黄色いテープを持ち上げ、ひょいとくぐって現場に入る。

「ダメですよ。現場保存しないと」

時生は慌てたが、南雲は構わず男性に歩み寄った。脇に立って男性の右手を指し、「ここを照らして」と指示する。仕方なく時生が従うと南雲は身をかがめ、軽く指を曲げた状態の男性の右手に見入った。「やっぱりね」と呟いてにんまりと笑い、時生を振り返く。

「指と爪の間に絵の具が付いてる。彼は絵描きだよ」

「絵描き？　なら、美大生かも」

「いや。プロ、しかも売れっ子だよ。これは高級絵の具で、学生には手が出ない。この発色のよさはロイヤルターレンスのヴァン・ゴッホ、いや、レンブラントだな。だとすると、彼の画風は厚塗りで」

顔を上げて語りだした南雲を「待って下さい」と止め、時生は告げた。

「決めるのは早いですよ。最近は男性でもマニキュアをする人がいるし」

すると南雲は手を伸ばし、時生が止める間もなく男性のカットソーの袖を捲った。袖の内側が露わになり、そこには絵の具と思しき色とりどりの塗料が付着していた。警察官が「あっ！」と声を上げ、時生も驚く。南雲は体を起こし、

「ね？　絵を描く時には腕まくりをするから、袖の内側が汚れるんだ」

と語って満足げに微笑んだ。

2

夜が明けた午前八時半。楠町西署二階の刑事課の会議室で、捜査会議が始まった。広い部屋の奥にホワイトボードが置かれ、その前の長机には刑事課長の村崎舞花と刑事係長の藤野尚志が着いている。藤野は立ち上がり、向かい合って並んだ長机に着く二十人ほどの刑事たちに語りかけた。

「――そして、本日午前零時三十分。綿菅町二丁目をパトロール中だった川勝大喜《かわかつだいき》巡査が、脇道の階段下に倒れている男性を発見し死亡を確認。南雲班と鑑識係が臨場し、事件性ありと判断して応援を要請した。所持品の運転免許証によると、男性は綿菅町一丁目十二番地在住の桂木《かつらぎ》径《けい》さん、二十四歳」

そこで言葉を切り、藤野はホワイトボードに貼られた写真を指した。写っているのは現場の階段とその下に倒れる桂木で、彼の住所や年齢なども黒いペンで書き込まれている。刑事たちは一斉にメモを取り、並んだ長机の中ほどに着いた時生も倣う。一方その隣の南雲は、退屈そうに左手に持った青い鉛筆を弄んでいる。

ホワイトボードには桂木の顔写真もあり、顎の細い白い顔と太い眉、ぽってりした赤い唇が、K‐POPのアイドルのようだ。初動捜査で、桂木の職業は画家だと判明した。南雲の読み通りだった訳だが、画家＝ボサボサの髪に無精ヒゲ、洗いざらしのシャツとジーンズというイメージだった時生は驚き、意外にも思った。

「小暮。遺体について、現状判明していることを報告しろ」

指名を受け、時生は「はい」と応えて立ち上がった。入れ替わりで、藤野が着席する。

「詳細は検死の結果待ちですが、鑑識の話では桂木さんは頭部や顔面に打撲傷があるそうです。階段から転落した際に負ったものと思われますが、他に後頭部に縦二ミリ、横〇・五ミリ、深さ三ミリほどの陥没した傷が見られます。傷は二箇所あり、間隔を二センチほど空けて平行に並ぶという形状から、転落とは異なる状況で負ったものと考えられます」

手帳を片手に、時生は説明した。藤野が「よし」と言い、時生は一礼して着席した。

「だとすると、後頭部を打つか殴られるかした上、階段から落ちたということか。確かに事件性あり、しかも傷害致死か殺人《コロシ》の可能性もある。桂木さんは画家だったな。家族から話を聞いたのは」

藤野は向かいに視線を巡らせ、「諸富《もろとみ》班です」と前列の机から太った中年男が立ち上がった。刑事は二人ひと組で捜査に当たるのが通例で、各コンビは班名で呼ばれる。諸富文《ふみ》哉《や》巡査部長は刑事課主任で、時生と同世代の刑事と組んでいる。

「母親によると桂木さんは現場近くにアトリエを構えており、そちらで寝起きすることも多かったそうです。また桂木さんは都内の美大在学中にいくつかの絵画コンクールに入選し、画家としてデビューしています。卒業後もアルバイトをしながら創作活動を続け、今年の三月に開いた個展が注目され、人気画家となったようです。しかし母親の話では、桂木さんがトラブルに巻き込まれていたような様子はなく、借金なども」

ふいに、諸富の声が途切れた。顔を上げた時生の目に、長机に着いて片手を上げた村崎の姿が映る。他の刑事たちも村崎に注目し、藤野が「課長。どうぞ」と促す。手を下ろし、村崎は無表情に問うた。

「三月の個展とは？　それを機に、桂木さんの生活は激変したということになりますね」

確かにそうだな。時生は納得し、他の刑事たちも頷く。「はい」と頷き、諸富は続けた。

「詳細は追って調べますが、個展は中央区《ちゅうおう》の『ギャラリーメディウム』で開かれました。同ギャラリーは画家や彫刻家、写真家などのマネージメント業務も行っており、桂木さんも昨年秋から所属していたそうです」

「知っているところですか？」

横を向き、時生は囁いた。鉛筆を弄びつつ肩をすくめ、南雲は答えた。

「知らない。銀座《ぎんざ》だけでも、ギャラリーは百軒以上あるんだよ」

「へえ」と時生が相づちを打った直後、後ろのドアが開いて井手義春と剛田力哉が会議室に入って来た。通路を進み、奥の長机に歩み寄る。

「遅くなりました。今日未明、家族の許可を得て桂木径さんのアトリエを捜索しました。

とくに問題のあるものは見つかりませんでしたが、ガレージにポルシェ930が停められていました。古い車ですが人気は高く、一千万円近くします。家族によると、アトリエの近くに桂木さんの幼なじみの櫛田《くしだ》駿平《しゅんぺい》という男が経営する自動車整備工場があり、ポルシェはそこで整備していたそうです」

背筋を伸ばして身振り手振りも交え、井手が報告する。しかし立っているのは、村崎ではなく藤野の前。恐らくその目も、藤野しか見ていないはずだ。時生が村崎の心中をおもんぱかっていると、井手はさらに言った。

「先ほど櫛田に話を聞きに行きましたが、桂木さんが亡くなったと聞き驚きはしたものの、捜査には非協力的でした。さらに工場内で、気になるものを見つけました」

ジャケットのポケットを探り、井手はスマホの画面を藤野に見せた。同時に剛田が刑事たちを振り向き、「これです。ボールジョイントセパレーターって名前です」と言って頭上にタブレット端末を掲げた。その画面には先端がU字型で、長い持ち手の付いた金属製の工具の写真が表示されていた。恐らく全長三十センチほど、U字部分の内側には二センチほどの隙間がある。

「この工具が、桂木さんの後頭部にある傷の原因ということか？」

時生の頭に浮かんだのと同じ疑問を藤野が口にして、他の刑事たちがざわつく。

「僕はそう読みました。さらに櫛田は、昨夜は一人で遅くまで残業をしていたそうで、アリバイはありません」

刑事たちがさらにざわめく中、井手と剛田は一礼して藤野たちのもとを離れ、空いた長机に着いた。藤野と短くやり取りし、村崎が立ち上がる。

「では、井手班は引き続き櫛田駿平を洗って下さい。他のみなさんは桂木さんの鑑取りと、現場周辺の地取りをお願いします。なお、ギャラリーなど美術関係者への鑑取りは南雲班が担当して下さい」

そう命じながら、村崎はメガネのレンズ越しに時生たちを見た。時生は「はい！」と応え、南雲も顔を上げる。と、藤野が「以上。解散！」と告げ、刑事たちは一斉に席を立ってドアに向かった。時生たちも続こうとすると、村崎が歩み寄って来た。

「ダ・ヴィンチ刑事の本領発揮ですね」

南雲を見上げ、言う。声は穏やかだが、何を考えているのかはわからない。すると南雲はにっこりと笑い、返した。

「乞うご期待」

その態度に村崎は絶句し、後を追って来た藤野は「何だ。その言い草は」と顔を険しくした。が、南雲はスケッチブックを抱えて平然と歩きだす。うろたえた時生だが、「行って来ます」と村崎たちに頭を下げ、南雲に続いた。

3

南雲とともに、時生は楠町西署を出た。高速道路を使い、四十分ほどで中央区新川《しんかわ》に到着した。通りの端に停めたセダンから降りたとたん、南雲は、

「あれは川？　水辺は気持ちがいいなあ」

と声を上げ、進んでいる通りから脇道に入ろうとした。時生はその肩を押し、「はいはい。行きますよ」とそのまま通りを進ませた。脇道の先には橋があり、その下を遊覧船やプレジャーボートが航行する川が流れている。

少し歩くと、ギャラリーメディウムの入っているビルが見えてきた。古く大きなビルで、裏は川だ。開け放たれたドアからエントランスに入ろうとした矢先、声をかけられた。

「小暮くん？」

横を向いた時生の目に、ショートカットの女の姿が映る。

「えっ。野中さん？」

驚き、問い返した。野中琴音は警視庁科学捜査研究所のプロファイラーだ。時生の後ろにも目をやり、野中は声を立てて笑った。

「南雲さんもいる〜。何よ、二人してサボり？」

「そんな訳ないでしょ。捜査だよ。そっちこそ、どうしたの？」

「私は半休。これを見に来たのよ」

そう返し、野中はビルのドアの脇に置かれたスタンド看板を指した。また半休？　この前、僕を訪ねて来た時に取ったばっかりだろ。心の中で呆れながら、時生はスタンド看板を見た。そこには「古閑塁　作品展」の文字が入ったポスターが貼られ、下に「開催中！」と書かれている。時生の頭に数週間前、野中が楠町西署を訪ねて来た時の会話が蘇った。

「古閑さんって、南雲さんの元同級生ですよね。個展のことを知ってたんですか？」

「全然。すごい偶然」

笑顔とともに答え、南雲は時生の脇を抜けてビルに入った。時生と野中も続く。

ガタゴトと音を立てるエレベーターに乗り、二階に上がった。エレベーターを降りると長い廊下があり、その先にガラスのドアがあった。ドアには白く飾り気のない文字で、「GALLERY MEDIUM」と書かれている。南雲がドアを開け、野中と時生もギャラリーに入った。

広い空間で、床も壁も天井も白。奥には大きな窓がある。ドアの脇にはカウンターがあり、その傍らには胡蝶蘭の鉢植えとフラワーアレンジメントのカゴが並んでいた。

今日が個展の初日らしく、室内は大勢の人で賑わっていた。と、時生の視線が奥の一角で止まった。そこには一人の男性が立ち、周りの人たちと談笑している。背が高く体格がいいというのもあるが、オーラというのか、まとう空気の華やかさと存在感がすごい。あの人が古閑塁さんだな。そう思った矢先、野中が口を開いた。

「やだ。古閑さん、神々《こうごう》しすぎ……南雲さん。紹介して、紹介」

小声で騒ぎ、南雲の腕を引っ張る。同じく小声で、時生は咎めた。

「ダメだよ。僕らは別の人に会いに来たんだから」

「ケチ臭いこと言わないでよ。ちょっとぐらいいいじゃん」

「ダメだってば」

言い合っていると、気配に気づいたのか古閑がこちらを見た。とたんに破顔し、片手を上げた。

「南雲！」

そう呼びかけ、大股でこちらに歩み寄って来る。室内の人たちが振り向き、古閑のために道を空けた。

「やあ。久しぶり」

そう返し、南雲は自分の前で立ち止まった古閑に微笑んだ。古閑は五十代前半ぐらいで、南雲より少し年上だ。

「十年ぶりか。元気そうだな。また絵を始めたのか？」

勢いよく語りかけ、古閑は南雲が脇に抱えたスケッチブックを指した。首を横に振り、南雲は返す。

「昔のクセが抜けないだけだよ。それと、このまえ会ったのは十年前じゃなく、きみの渡米が決まった——」

「何でもいいよ。とにかく会えて嬉しい。誰かに個展のことを聞いたのか？」

「いや。残念だけど、仕事で来たんだ。こちらは楠町西署の小暮時生くんと、本庁科捜研の野中琴音さん」

紹介を受け、古閑の視線が動く。時生は挨拶をしようとしたが、脇から野中に押しのけられ、足も踏まれた。

「はじめまして、野中です。古閑さんの大ファンで、休みを取って来ました。お目にかかれて光栄です」

頰を赤らめ、胸の前で握った拳を、もう片方の手で包み込むというポーズで訴える。いい歳して、ぶりっこかよ。そのくせ、格好はいつものパンツスーツにロックTシャツだし。横目で野中を睨みつつ、時生は踏まれた足を黒革靴越しにさすった。

「僕こそ光栄です。日本に戻ったのも個展を開いたのも久々で、実は不安でした。作品選びにも迷って、昨夜するはずだった展示が今朝になってしまったほどです。でも、今の野中さんの言葉で自信が持てました。ありがとう」

野中をまっすぐに見て返し、古閑は一礼した。

ボサボサの髪に無精ヒゲ、洗いざらしのシャツにジーンズ。時生の画家イメージそのもののラフな格好だが、純粋で真摯《しんし》な人のようだ。同じことを感じたのか、野中は「そんな」と呟いて目を潤ませている。と、そこに男がもう一人来た。

「先ほどご連絡をいただいた刑事さんですか？　このギャラリーのオーナーの、国安照希《くにやすてるき》と申します」

そう告げて、男は会釈した。スーツ姿で色白、歳は四十ぐらいか。警察手帳を出し、時生も会釈した。

「楠町西署の小暮と南雲です。お話を伺えますか？」

「はい。ただ、今はバタバタしてまして」

「俺が相手をしてるよ。南雲は藝大の同期なんだ」

「そうなんですか？　でも」

驚き戸惑う国安には構わず、古閑は「あっちだ」と身を翻して歩きだした。南雲と時生が続き、なぜか野中も付いて来る。

人の間を縫って進んでいると後ろで気配を感じ、時生は振り向いた。傍らの白い壁には大小の油絵が飾られていて、その一枚の前に野中が立ち止まっていた。つられて時生も立ち止まり、野中の視線の先にある絵を見た。

縦一メートル、横二メートルほどあるキャンバスいっぱいに、廃墟のビルが描かれている。崩れかけた壁や割れた窓がリアルなタッチで描かれ、人や動物の姿はなく、がらんとしている。不穏な終末観に満ちている一方、強いエネルギーも伝わってくる。その周りにも、スクラップされた古い車や、錆だらけの橋などの絵が飾られていたが、不思議なパワーと美しさを感じられた。

「『Destruction Songs』。きみの新シリーズだね。お披露目は、去年のニューヨークのアートフェスティバルだっけ？」

その声に振り向くと、南雲も壁の絵を見ていた。頷き、隣の古閑が言う。

「ああ。俺の仕事をチェックしてくれていたのか？」

「なんとなくね」

前を向いたまま南雲が答え、時生はその顔を見つめた。と、野中がくるりと振り向いた。

「素晴らしいです！　滅びの美学っていうのか、朽《く》ちていくものの輝きと力強さが胸に来ます。敢えてマチエールを付けないフラットな画風といい、まさに古閑さんの新機軸で」

身振り手振りも交え、捲し立てる。「いやいや」と照れ臭そうに笑い、古閑は返した。

「そう大層なものじゃありませんよ。僕は昔からシワとか傷のあるものが好きで、大学時代も石膏像のデッサンにシワやシミを描き込んで、教授に『子どもの落書きだ』って叱られました。一方この南雲は現役で首席合格。入学後の成績もぶっちぎりのトップで、四浪してかろうじて滑り込んだ僕とは大違いですよ」

「そんな時代もあったねえ」

しみじみと南雲が言い、「じいさんかよ」と古閑が突っ込む。そのやり取りに野中は噴き出したが、時生は引っかかるものを覚え、再び南雲を見つめた。その態度を誤解したのか、野中が言う。

「藝大は三浪とか四浪とか、当たり前よ。むしろ、現役で受かる人が珍しいぐらいなんだから」

「それぐらい知ってるよ。だから古閑さんは、南雲さんより年上なんだなと思ってたんだ」

「その通りです。行きましょう」

古閑に促され、また歩きだした。奥の窓の前には木製のベンチが向かい合って二台置かれていて、古閑と南雲、野中と時生に分かれて座った。

「ここで個展を開くってことは、ギャラリーメディウムの所属アーティストになったの？前は別の老舗画廊と契約していたよね」

まず南雲が口を開いた。頷き、古閑が答える。

「ああ。去年の夏に国安さんから連絡があって、『ギャラリーを始めました。アートは食えないって常識を変えたいんです』って口説かれたんだ。迷ったけど、俺もそろそろ後進の育成ってのを考えるべきかなと思って」

「ふうん」

そう呟いた南雲に古閑が、「何だよ」と問う。「いや」と笑い、南雲は立ち上がった。

「きみもそんなことを言うんだなと思って。だって昔はいつも腹を空かせて、キャンパスに生えてる雑草を見ては、『これ、食えるかな』って呟いてたでしょ。同じゼミの生徒が木炭画の消し具用に持ってた食パンを盗み食いして、問題になったこともあったよね」

そう語りながら、ベンチの脇に置かれた四角く縦長の台の前に行く。台は木製で、壁や床と同じように白く塗られている。台の上には、個展のチラシやギャラリーのパンフレットなどが載っているようだ。

「よく覚えてるな。でも、時効だろ？」

豪快に笑った古閑だったが、急に真顔に戻り、時生と野中に「ですよね？」と問いかけた。その姿に野中はまた噴き出し、時生も笑顔で「ええ」と返しつつ話を変えた。

「桂木径さんはご存じですか？　こちらに所属していた画家です」

「ええ。面識はありませんが、将来有望な若者だと聞いていました。亡くなったそうですね。残念です」

「桂木さんについて、何かご存じないですか？」

「国安さんがスカウトして、これから売り出そうとしてたってことぐらいしか。お役に立てなくてすみません」

大きな背中を丸めて恐縮する古閑に時生が「いえ」と応えた時、南雲が振り返った。

「琴音ちゃん。現代アートの収集が趣味なんでしょ。これを買ったら?」

そう語りかけ、手にした紙の中ほどを指す。野中が視線を動かし、時生と古閑も紙を見た。このギャラリーで販売されている作品のカタログらしく、絵画や彫刻などの写真の下に値段と作者の氏名・略歴などが添えられている。南雲が指したのはブロンズ彫刻で、特徴的な角とくすんだ青緑色の丸い体からカブトムシだとわかる。幅三十センチ、長さ四十センチとサイズが書かれている。

「私、虫はちょっと。そもそも、高すぎるし」

顔をしかめ、野中が返す。彫刻の価格は八百八十万円で、作者は外国人のようだ。

「迫力はあるけどな……南雲。趣味が変わったのか?」

訝しげに古閑もコメントした矢先、

「申し訳ありません。そちらはお売りできないんです」

と声がして国安がやって来た。後ろにはスタッフらしき若い女性もいる。

「甲虫《こうちゅう》をテーマにしている彫刻家の作品で、一昨日までここで個展が開かれていたんですよ。でもその作品には買い手が付いて、昨夜発送してしまいました」

そう説明し、国安は「申し訳ありません」と重ねて頭を下げた。「それは残念」と返し、南雲は肩をすくめた。

これから美術誌の取材だという古閑はスタッフの女性とその場を去り、野中も絵を見るためにベンチを離れた。入れ替わりで国安がベンチに座り、時生は質問を始めた。

「桂木径さんと、最後に会われたのはいつですか?」

「昨日の午後七時頃です。『アートインベスターズ』という投資会社の方が三人いらして、五人で打ち合わせをしました。近々アートインベスターズさんの主催で、ここで桂木くんのドローイングイベントを行う予定だったんです……それなのに」

最後は呆然とした様子になり、国安は俯いた。「ええ」と返し、時生はさらに問うた。

「最近、桂木さんに変わった様子は? 売れっ子になれば環境も変わるでしょうし、悩んだりトラブルに巻き込まれたりはしていませんでしたか?」

「アーティストですから、作品のことで悩むのは当たり前です。でも桂木くんに限って、誰かと揉めたり恨まれたりするようなことはなかったと思います。いい絵を描くことしか考えていませんでしたから」

顔を上げ、国安は断言した。と、時生が座るベンチの脇に立ち、南雲が訊ねた。

「あなたにとっての『いい絵』って?」

急に質問の趣旨が変わり、国安はぽかんとする。慌てて、時生は「気にしないで下さい」と告げたが、「いえ」と表情を引き締め、国安は答えた。

「『ものをいう絵』ですね。多弁でも寡黙《かもく》でもいいから、語りかけてくるものがある絵。それを市井《しせい》の人にわかりやすく伝え、共感を得るのが僕の仕事です」

「素晴らしい」

そう返し、南雲はスケッチブックを脇に挟んで拍手をした。「いえ、そんな」と恐縮し、国安が頭を掻く。すると南雲は拍手をやめ、こう続けた。

「だとしたら、これから大変ですね」

「ええまあ」

戸惑ったように、国安が返す。微妙な空気が流れ、時生は話を戻した。

「桂木さんがこちらを出たのは、何時頃ですか？　どこに行くとか、誰に会うとか言っていませんでしたか？」

「午後八時過ぎです。どこに行くかなどは、何も」

「そうですか。では、そのあと国安さんはどちらで何を？」

時生は問い、国安は即答した。

「アートインベスターズの方にも同席していただいて、うちの顧客の女性と商談をしました。ジュエリーホシノの社長夫人です。それも、一時間ほどで終わったと思います」

「午後九時頃ということですね。わかりました。ご協力、ありがとうございます」

聞いた話を手帳にメモし、時生は立ち上がった。ジュエリーホシノは、上野《うえの》に本店を構える老舗の宝石店だ。ドアに向かおうと傍らを見たが、南雲の姿がない。視線を巡らせるといつの間に移動したのか、南雲はさっきとは別の絵の前で野中と談笑していた。

4

古閑と野中に挨拶し、時生たちはギャラリーメディウムを出た。セダンに乗り込み、時生は言った。

「遺体を発見した時の状態からして、桂木さんの死亡推定時刻は昨夜の午後八時から九時ぐらい。ギャラリーメディウムにいる間に桂木さんに何か起きた疑いはあるけど、その後どこかでという可能性も考えられる……どう思います？」

隣に問いかけると、南雲はあっさりと答えた。

「綿菅町二丁目に行こう。つけ麺が絶品の中華料理店があるんだって」

「とか言って、桂木さんのアトリエに行くつもりでしょ。ダメですよ。僕らはアートインベスターズとジュエリーホシノに行って、国安のアリバイを確認しないと」

「桂木さんの絵を見たいんだよ。国安にあんな風に言われちゃね。どうしてもダメって言うなら、一人で行くけど」

「単独捜査はもっとダメ！　……わかりましたよ」

観念して、時生はセダンのエンジンをかけた。「やった！」と笑い、南雲が助手席に座り直す。走りだしたセダンが大通りに入ると、時生は言った。

「古閑さんって素敵な人ですね。絵もカッコよかったし」

「そう」

「でも、南雲さんとはかなりタイプが違いますよね。それに南雲さんは『才能に見切りを付けて、学生時代に筆を折った』と話してたけど、古閑さんは『現役で首席合格。入学後の成績もぶっちぎりのトップ』って言ってましたよ」

日頃、隙あらばレオナルド・ダ・ヴィンチや美術の蘊蓄を語る南雲だが、自分の過去やプライベート、とくに大学時代の話はしたがらない。さっきの「そんな時代もあったねえ」も気になるし、斬り込んでみた。すると、南雲は前を向いたまま答えた。

「古閑くんは何でも大袈裟だからね。それに、かのレオナルド・ダ・ヴィンチはこう言ってる。『友人を咎める時は、人目につかない場所で。褒める時は、人目につく場所で』」

「はあ。さっきのは、古閑さんのお世辞ってことですか？」

「いや。現役で首席合格は本当だけどね」

どっちだよ。煙に巻かれ、時生はげんなりする。南雲が話を変えた。

「朝から気になってたんだけど、この車、煙草臭くない？」

「そうですか？　何も感じませんけど」

鼻をひくつかせ、時生は返した。刑事課の車両は全て禁煙だが、誰がどの車に乗ると決まっている訳ではない。前に乗った刑事が喫煙習慣のある事件関係者を同乗させた場合、車にその臭いが残っていることはあり得る。

「いや。臭うよ」

顔をしかめ、南雲は助手席の窓を開けた。せっかくエアコンを入れてるのにと思った時生だったが、閃くものがあって言った。

「相変わらず匂いにうるさいんですね。十二年前に一緒に捜査をした時も、車の中に何かの芳香剤を持ち込んでいたでしょう。泊まり込んでいた本庁の柔道場でも同じ匂いのお香を焚《た》いて、捜査本部の他の捜査員に顰蹙《ひんしゅく》を買ってたし」

さらに斬り込んでしまった。そう思うと緊張して鼓動も速まった。と、南雲は答えた。

「『匂い』じゃなく、『香り』と言って欲しいなあ。それに車に持ち込んだのは芳香剤じゃなくポプリで、柔道場で焚いたのもお香じゃなくアロマオイルだよ。ちなみにあの香りはパイン、つまり松葉《まつば》。空気を浄化して気持ちを前向きにする効果があるんだけど、僕以外の人には逆効果だったみたいだね」

「そうそう、パイン。あれ以来、鼻が覚えちゃって匂い、じゃない、香りが消えないんですよ。今もこの辺りに漂ってる気がします。南雲さんはどうですか？」

「この辺り」と言う時には手を鼻に当て、笑顔で問いかけた。緊張が増し、不安も覚えた。

「ふうん」

短い沈黙のあと、南雲は言った。それから時生を見返し、

「僕は全然。でも、記憶と香りが結び付いてるっていうのはちょっと詩的で美しいね」

と続けてにっこりと笑った。どこがだよ。緊張と不安が消え、苛立ちと疑惑が湧く。同時に時生の頭には、十二年前の「あの夜」の記憶が蘇った。

5

桂木の家に寄って家族にアトリエのカギを借り、綿菅町二丁目に向かった。

桂木のアトリエは、古い倉庫だった。時生は通りにセダンを停め、両手に白手袋をはめて倉庫の引き戸に歩み寄った。と、物音がしたので振り向くと、南雲が傍らに置かれたコンテナ型のガレージのシャッターを上げていた。

「ガレージのカギも借りたんですか？　いつの間に？」

驚いて問いかけたが南雲は、

「せっかくだし、見たいじゃない。ポルシェ930」

と返し、いそいそとガレージに入った。仕方なく、時生も続く。そこには丸みを帯びたボディと、カエルの目を思わせる盛り上がったヘッドライトが特徴的な銀色の車が停めら

れていた。

「この古い車が一千万円？　うちのワンボックスカーの四倍ですよ。でも、あの後部座席の狭さじゃ、十二ロール入りのトイレットペーパーが二、三個しか乗らないなあ。そもそも、これは四人乗りだから、六人いる我が家は定員オーバーだ」

車を眺め、時生はそうコメントした。すると南雲は、

「美しくない。そういう価値観は、僕の美意識とは相容れないな」

と眉をひそめてため息をつき、車に歩み寄った。

「見てよ、この流線型。うっとりするじゃない。知ってる？　通称『カエル顔』と言われるこのデザインだけど、メーカー創設者のフェルディナント・ポルシェ博士が本当にカエルにインスパイアされて思いついたらしいよ」

「知ってますけど、マニアの間の噂で事実かどうかは不明ですよ。カエルの跳ねる姿が、当時開発中だったリアエンジン・リアドライブのスポーツカーのヒントになったって話で——」

「えっ!?　これ、エンジンが後ろにあるの？　そんな車、あるんだ」

「ありますよ。車にはフロントエンジン、ミッドシップエンジン、リアエンジンの三種類が……そんなことも知らないで、蘊蓄を語ってたんですか？」

まさかと思いながら訊ねると、南雲は当然のように答えた。

「うん。僕の興味の対象は物品の意匠《いしょう》、つまりデザインだけだから」

先月の事件での神棚と言い、興味の対象とこだわりにムラがありすぎだろ。突っ込みは浮かんだが「はあ」とだけ返し、時生はガレージを出て倉庫の前に戻った。南雲も続き、二人で庫内に入る。差し込んだ外光が絵の具で汚れたコンクリートの床を照らし、同時につんとした匂いが鼻を突いた。

「ああ！　この、テレピン油と絵の具の入り交じった香り」

目を閉じ、感極まったように騒ぐ南雲を冷ややかに見て、時生は庫内を進んだ。広くはないが天井は高く、壁の前にもう一枚、白い木製の壁が設えられ、その前に大小のキャンバスとスケッチブック、石膏像などが置かれていた。さらに床のあちこちに一斗缶《いっとかん》が積まれ、絵の具が飛び散った工業用のハンドミキサーも何本か転がっている。

「ひょっとしてこの一斗缶の中身は絵の具で、ハンドミキサーでかき混ぜてたってことですか？」

「うん。ふつう油絵って聞くと、チューブに入った絵の具をペインティングオイルで溶き、パレットで色をつくると思うよね。でも、絵画には描く人の数だけスタイルがあるから。桂木さんの画風を考えれば、この状況はしごく当然だよ」

「桂木さんの画風？　スマホで調べたんですか？」

「調べなくてもわかるよ。じゃあ、どんな画風かって言うと」

そこで言葉を切り、南雲は向かいの壁に歩み寄った。そこには布をかけられた大きなキャンバスらしきものが立てかけられている。迷わず、南雲は白手袋の手を伸ばし、キャンバスらしきものの布を剝ぎ取った。

そこに現れたのは、色の洪水。赤や黄色、青に緑といった絵の具が、叩きつけられたり、擦り付けられたりしてキャンバスに載っている。さらに絵の具は厚く塗られ、ところどころ盛り上がっている。時生が呆気に取られていると、南雲は言った。

「これが桂木さんの最新作で、タイトルは『世界観』。既に買い手がついていて、お値段、なんと、二百五十万円」

「二百五十万⁉ だってこれ、うちの娘のいたずら描きそっくりですよ」

驚き、時生は絵と隣の南雲を交互に見て騒いだ。再び「美しくない」と眉をひそめ、南雲は返した。

「これはフリーハンド、つまり筆ではなく指や手のひらを使い、インパスト、すなわち絵の具を厚く塗って筆致《タッチ》を物質的に浮かび上がらせる技法で描かれた抽象画だよ。インパストを好んだ画家としては、ゴッホやルオーが有名……とは言っても、僕もこの絵は趣味じゃない。派手でわかりやすくて人目を引く、つまり売れ線の絵ではあるけどね」

「わかりやすい？　これが？」

さらに驚きつつ、時生は現場で桂木の遺体を見た南雲が、彼が画家だと見抜いただけではなく、「画風は厚塗りで」とも言い当てていたと気づいた。改めて庫内を眺めると、壁の前に置かれた絵はどれも「世界観」と同じタッチで描かれている。

「でも桂木さんが売れっ子画家になったのは、今年の三月の個展からでしょう？　何がきっかけだったんだろう」

「いい質問だね。その答えは、このアトリエの中にある……多分、あのあたりに」

そう告げて、南雲は部屋の隅に向かった。そこには空になった一斗缶や壊れたハンドミキサーなどが転がり、奥には数枚のキャンバスが置かれていた。スケッチブックを脇に抱えて手を伸ばし、南雲はキャンバスの一枚を取った。そしてそれを一瞥するなり、「見つけた！」と声を上げて時生に見せた。

キャンバスは縦五十センチ、横四十センチほどで、若い女性の絵が描かれていた。女性はショートカットで細身のトレンチコートと裾の広がったパンツをまとい、ごついブーツを履いている。しゃれてシャープな絵柄で洋服のデザイン画のようだが、女性の腰の後ろからは、ふさふさとした薄茶色の毛に覆われた尻尾が延びている。

「面白い絵ですね。モデルが、キツネのコスプレをしているんですか？」

歩み寄りながら問うと、南雲は首を横に振った。

「いや、尻尾の生えた人間だよ。『HUMAN TAIL』ってシリーズで、他にも柴犬風の巻き毛を生やした中年サラリーマンとか、サソリみたいな針付きの尾節《びせつ》があるギャル風ドレスの少女とかの絵がある。三月の個展の前まで、桂木くんはこういう絵を描いていたんだ。スタイリッシュなアイロニーがあって、僕は最近の画風より好きだな。事実こっちの画風にも、ちゃんとファンは付いていたんだよ」

さっきは「調べなくてもわかる」と言ったけど、桂木さんの絵のリサーチをしたんだな。感心しながら、時生は応えた。

「つまり、画風を変えたのが成功して人気者になったんですね。僕もあっちのいたずら描きより、こっちの尻尾の方がいいな。でも、こっちもすごい値段で売れるんでしょう？不謹慎ですけど、作者が亡くなった訳だし」

最後のワンフレーズは声を潜めて語りかけた。「ああ」と笑い、南雲はキャンバスを部屋の隅に戻した。

「よくある誤解だね。画家が亡くなると作品の価格が上がると思ってる人が多いけど、逆。作品の価格は下がるよ」

「えっ、そうなんですか？」

「うん。これにはアート業界の構造が関係していて……有名アーティストの多くは、画廊や美術商と契約しているんだ。たとえばAという画家がBという画廊と契約していた場合、Aの絵を最初に販売できるのはBで、それは一次市場、つまり『プライマリーマーケット』と呼ばれる。他の画廊や美術商はBが付けた値でAの絵を買うしかないから、それが市場価格になる。で、他の画廊や画商がBから買ったAの絵を売るのは二次市場、すなわち『セカンダリーマーケット』で、好きな価格を付けられる。でも普通大きな値引きはしないから、Aの絵の市場価格は守られる。ここまではわかる?」

「はい」と頷いた時生に頷き返し、南雲は先を続けた。

「でもAが亡くなったり、スランプで絵が描けなくなったりした場合、Bに新しい作品は入って来なくなる。するとプライマリーマーケットは機能しなくなり、他の画廊や美術商がセカンダリーマーケットにあるAの絵を自由に値付けできるようになる。結果、販売競争が始まり、絵の価格は下がるんだ。もちろん、モディリアーニみたいに死後評価が高まって、一枚の絵が二百億円前後で取引されるようになる画家もいるけど、レアケースだよ」

「てことは、あっちのいたずら描きも値下がりするんですか?」

時生が向かいの壁に視線を戻すと、南雲は「そうなるね」と頷いた。

「じゃあ、二百五十万円であの絵を買った人は……あっ。だからさっき国安に、『これから大変ですね』って言ったんですか?」

「小暮くん。美意識はどうかと思うけど、記憶力はいいね。でも、僕が国安に『これから大変』と言った理由は、それだけじゃないけどね」

意味深に返され、時生がさらに問いかけようとした矢先、後ろで物音がした。二人で同時に振り返り、時生は引き戸に向かった。

ガレージの前に、青いつなぎ姿の若い男がいた。こちらに背中を向けて地面にかがみ込み、手にした工具で何かしている。その背中に「KUSHIDA MOTORS」と入っているのに気づき、時生は言った。

「櫛田駿平さんですか？」

「そうだけど。あんた、誰？」

振り向き、櫛田は問い返した。進み出て警察手帳を掲げ、時生は答えた。

「楠町西署の小暮と南雲です」

すると櫛田は「ああ」と呟き、顔をしかめた。時生は、櫛田を鑑取りした井手と剛田が「捜査には非協力的」と話していたこと、さらに櫛田の自動車整備工場にボールジョイントセパレーターという工具があったと話していたことを思い出した。

「失礼ですが、ここで何を？」

「車に部品を取り付けに来た。径に頼まれてたから」

「そうですか。この車は、櫛田さんが整備されていたそうですね。桂木さんとは幼なじみと聞いていますが、親しくされていたんですか？」

極力明るく、丁寧に問いかけた。ぶすっとしながらも、櫛田は「ああ」と頷く。

「幼稚園からの付き合いだから。このガレージも倉庫も、うちのを貸してた」

なら、合いカギを持ってるな。ガレージにも倉庫にも出入りできたってことか。そう悟り、時生が慎重に応対しなければと思った矢先、後ろから南雲が進み出て来た。

「貸すと言っても、タダ同然でしょう？　すごいな、パトロンだ。じゃあ、最近の桂木さんには思うところがあったんじゃない？　売れっ子になったとたん、ポルシェを購入。わかりやすい変化ですよね」

　首を突き出し、テンポよく語りかける。焦り、時生は「ちょっと」と南雲の腕を引いた。が、櫛田は顔を険しくして立ち上がった。

「『思うところ』って何だよ。俺が径をねたんでたって言うのか？　あんたらも今朝来た刑事みたいに、俺が径を殺したって思ってるんだろ？」

「いえ、そんな」

　言いかけた時生を遮り、南雲は平然と問い返した。

「で、殺《や》ったの？」

「殺る訳ねえだろ！」

　こちらを睨み付け、櫛田が即答する。「南雲さん！」と強い口調でたしなめ、時生は櫛田に謝罪しようとした。が、櫛田はこう捲し立てた。

「ガキの頃、いじめられてた径を俺が守ったんだ。あいつの絵がすげえって最初に思ったのも、俺だぞ」

五分刈りの髪に丸い目とあぐらをかいた鼻。いかにもガキ大将といった風情で、主張に説得力はある。

「確かに最近径とは、スマホで車のことをやり取りするだけになってた。でも俺はずっと応援して、誇りに思ってたんだ。昨夜だって、ずっとあいつに頼まれたパーツのカスタムをやってたんだぞ」

そう続け、櫛田は向かいの地面を指した。ブルーシートが敷かれ、その上に車のフロントバンパーらしき銀色の部品が置かれている。なだめるつもりで両手を体の前に上げ、時生は返した。

「失礼をお詫びします。僕たちは桂木さんがなぜ亡くなったかを、明らかにしたいだけなんです」

「……それはわかるけど」

鼻息は荒いが口調を少し和らげ、櫛田が言う。ほっとして、時生はこう続けた。

「これで失礼します。申し訳ありませんが、捜査中なのでガレージもアトリエも、中を弄らないようにして下さい」

無言で櫛田が頷いたので、時生は倉庫の引き戸を施錠した。作業を再開した櫛田の脇を抜けて倉庫の敷地から出ようとした矢先、後ろの南雲が言った。

「最後にもう一つ訊いてもいいですか？」

ぎょっとして時生は振り向き、櫛田も再び顔を険しくして南雲を見る。

「『ぐるっぽ亭』のつけ麺って、本当においしい？」

そう問いかけられ、櫛田がぽかんとする。「無視して下さい。すみません」と時生が頭を下げようとすると、櫛田は答えた。

「ああ。でも、通《つう》はつけ麺じゃなく、タンメンを頼む」

「了解。ありがとう」

にこやかに告げ、南雲はすたすたと歩きだした。櫛田に会釈し、時生はその後を追った。セダンに歩み寄り、白手袋を外して二人で乗り込む。

「『殺ったの？』って、どういう質問ですか！　心臓が止まるかと思いましたよ」

セダンのドアを閉めるなり、時生は抗議した。スケッチブックを膝に載せながら笑い、南雲が返す。

「ごめんごめん。でも、本音が聞き出せたじゃない。櫛田は殺ってないよ。タンメンのことを教えてくれたし、いい人だ」

「なんですか、その理屈。ぐるっぽ亭って、さっき言ってた中華料理店でしょ……でも、僕も櫛田はシロだと思います。アリバイはないけど、今の言葉はウソじゃない。逆に、国安のウソに気づきました。桂木さんがいい絵を描くことしか考えていなかったと話してたけど、金廻りがよくなったとたん、ポルシェを買ったりパーツを改造したり。南雲さんの言うとおり、『わかりやすい変化』です」

途中から集中し、時生は浮かんだことを告げた。すると南雲は、

「まあ、そのあたりは任せるよ。まずはランチ。目指すはぐるっぽ亭だ」

と軽いノリで告げ、「はい。車を出して」と時生を促した。

6

午後一時過ぎ。時生は南雲と港区六本木《ろっぽんぎ》の高層ビルの二十三階にいた。昼食を済ませ、アートインベスターズとジュエリーホシノの社長夫人・星野雪路《ほしのゆきじ》に連絡した。すると星野に、「ちょうどアートインベスターズに行く用があるから、そっちに来てちょうだい」と言われた。その通りにすると、若い女性スタッフにこの応接室に通された。壁と窓の前には絵画や彫刻、オブジェなどが飾られている。ソファに座った時生の前のローテーブルには、「ART INVESTORS」のロゴ入りのマグカップが置かれていた。

マグカップのコーヒーを一口飲み、時生は言った。

「アート専門の投資会社か。実業家が何とかっていう画家の絵を何十億円かで買って、もっとすごい額で売ったって話は聞きましたけど、僕みたいな庶民には無縁の世界だな」

「そんなことないよ。日本の若手画家の作品なら、高くても三十万円程度だ。それにNF

Tっていう技術を活用したデジタルアートなら、仮想通貨を使って数千円から購入できる。ここ何年か日本はアートバブルと言われてるから、値上がりすれば五倍、十倍、五百倍なんてこともあり得るよ」

南雲が返す。時生の隣に腰かけ、ジャケットのポケットから出した青い鉛筆の芯を眺めている。「五百倍⁉ ええと、元が三十万だから……」と時生が計算を始めると、こう続けた。

「若いアーティストは個展を開いたり、コンクールに応募したりしてファンを増やして評価を上げ、それを作品の価格に反映させていくんだ。地道で先の見えない、孤独な闘いだよ。だから市場が活性化してアートに親しむ人が増えるのなら、バブルもいいと思う。でも、アート作品は買った後も汚れや破損に気をつけなきゃならないし、すぐに転売するのはマナー違反といったルールもある。何より、作品を生み出すのは生身の人間だからね」

当たり前のことを言うなと、時生は隣を見た。しかし南雲は口を閉じ、鉛筆をローテーブルに置いてスケッチブックを開いた。

と、ノックの音がしてドアが開き、男が顔を出した。スーツ姿でパーマをかけた髪を七三に分けている。その男にエスコートされ、派手な黄緑色のワンピースを着た年配の女性が応接室に入って来た。後から別の男女も入室し、四人でソファに歩み寄って来た。立ち上がり、時生は年配の女性に会釈した。

「星野雪路さんですね。楠町西署の小暮と南雲です。お忙しいところ、申し訳ありません」

「はい、どうも。ちょっと待ってね。目が悪くて」

そう返し、星野はジャケットの胸ポケットからメガネを出してかけ、時生が掲げた警察手帳を眺めた。厚化粧で、でっぷりと太っている。星野がメガネを外してソファに座り、その隣に後から来た男女が立つ。

「アートインベスターズ代表の梅崎賢聖《うめざきけんせい》です」

男が会釈した。小柄だが鍛え上げられた体をしていて、それを誇示するような細身のシャツとスラックスを着ている。続いて女の方も「木山桃奈《きやまももな》です」と笑顔で一礼した。こちらはすらりと背が高く、毛先を軽く巻いた長い髪をパンツスーツの肩に下ろしている。最後にパーマの男が「益塚楓《えきづかかえで》です」と名乗り、ソファの脇に立つ。三人とも歳は三十代前半だろう。梅崎、木山がソファに座り、時生も倣った。若い女性スタッフが星野たちにもコーヒーを出して退室し、時生は質問を始めた。

「失礼ですが、みなさんのご関係は？」

「私は絵や彫刻が好きで、アートインベスターズに相談しながら買ってるの。偽物とか、価値のないものを掴まされたらイヤじゃない？」

「ええ」

頷きながらも星野の物言いが気になり、横目で隣を窺う。が、南雲は何も聞こえないように鉛筆でスケッチブックに何か描いている。時生は今度は梅崎に訊ねた。

「こちらを開業されてどれぐらいですか？」

「三年弱です。益塚は大学の後輩で、木山とは投資サークルで知り合いました。三人ともアート好きという共通点があったので起業しました。とはいっても、社員十人足らずの小さな会社ですけど」

お馴染みの営業トークなのか、梅崎は笑顔で流れるように説明した。同じ笑顔で、木山と益塚が頷く。気づけば梅崎と木山の左手の薬指には、ペアの銀色の指輪がはめられている。

「そうでしたか」と相づちを打ち、時生は本題に入った。

「昨夜みなさんは国安さん、桂木さんと打ち合わせをされたそうですね。どんなお話を？」

「弊社が企画した桂木さんのドローイングイベントをギャラリーメディウムさんで行うことになっていたので、その件で……僕らは桂木さんの絵のファンで、これからの活躍を楽しみにしていました。だから亡くなられたと聞いて、ショックで」

後半は表情を曇らせて梅崎が返し、木山と益塚も沈痛な顔で頷く。時生はさらに問うた。

「桂木さんが帰った後、星野さんがいらして商談をされたんですよね。時間は？」

「八時から九時頃までよ。うちの店に飾る絵が欲しくて、いろいろ見せてもらったの」

国安の証言通りだな。記憶を辿り、時生は質問を続けた。

「その時、国安さんに変わった様子はありませんでしたか？」

「別に」

星野が即答し、梅崎も「なかったと思います」と返す。また木山と益塚が頷いた時、南雲が口を開いた。

「ちなみに、打ち合わせはギャラリーのどこで？」

「中に入って左手にあるバックヤードです。桂木さんとの打ち合わせも同じでした」

梅崎が返すと、南雲は星野に訊ねた。

「気になったことは？　ギャラリーの雰囲気が変わったとか、見覚えのないものが置いてあったとか」

「ないわよ。何も展示してなくて、がらんとしてたわ。いたのは私たちだけで、気配なんて感じなかった。途中でバックヤードの隣にあるお手洗いも借りたけど、異状なしよ」

「ふうん」

そう呟き、南雲はまた鉛筆でスケッチブックに何か描きだした。ギャラリーの出入口近くにあるバックヤードとトイレは、今朝ギャラリーメディウムを辞す前に見せてもらった。バックヤードは壁で囲まれた狭いスペースにテーブルと椅子が置かれていて、トイレも狭く窓はない。南雲の意図が読めず怪訝に思いながら、時生は質問を再開した。

「廊下やエレベーターなど、他の場所はどうでしたか？　不審な人物を見かけたとか」

「そんなの、覚えてないわよ」

うんざりしたように星野が言い放ち、時生は「わかりました。ありがとうございます」と言って聞いた話を手帳にメモした。ギャラリーメディウムはビルの一階に事務所があり、国安の他にスタッフは二人。二人とも昨日は午後五時過ぎに帰宅して、裏は取れている。つまり、昨夜ギャラリーで何か起きていても、桂木さんと国安、この四人以外は知らないってことか。時生が頭を巡らせていると、益塚が口を開いた。

「それ、鏡文字《かがみもじ》ですよね」

その小さな目は、ローテーブルに向いている。つられて、時生と星野たちの目も動いた。そこには開かれたスケッチブックがあり、南雲がさっきと同じように何か描いている。青い鉛筆を動かす手を止め、南雲は顔を上げた。

「当たり。よくわかりましたね。あなたもダ・ヴィンチファン？」

「ええ」

益塚が頷き、「やっぱり」と南雲は笑う。スケッチブックには細かな線の連なりが記され、かろうじて筆記体の外国語とわかるが、何語で何と書かれているのかは不明だ。訝しげに鏡文字を見ている梅崎と木山に、南雲は告げた。

「鏡文字は、鏡に映すと正しく読める文字です。上下はそのままで、左右が逆になってる状態だね。レオナルド・ダ・ヴィンチは生涯この鏡文字を書き続けて、発明の秘密を守るためとか、左利きのダ・ヴィンチにはこの方が書きやすかったからとか言われています。でも同じ左利きの僕としては、人は右利きで当たり前、左利きは異端者という社会通念に逆らっていた、という説を支持したい……同好の士とわかれば、益塚さん。外の廊下にダ・ヴィンチの油彩、『白貂《しろてん》を抱く貴婦人』を飾ってるでしょ？　当然模写だろうけど、なかなかの出来です。近くで見ていい？」

後半は益塚に問いかけ、スケッチブックを抱えて立ち上がる。「なに言ってるんですか」と伸ばした時生の手をするりとかわし、益塚を促して歩きだしながら、さらに言う。

「梅崎さんと木山さんも来て。ついでにコーヒーのお代わりを」

戸惑いながらも「はい」と応え、梅崎と木山も立ち上がる。三人を連れてドアに向かう途中、南雲はちらりと時生を振り返り目配せをした。この隙に星野と話せということらしい。時生は頭をフル回転させ、呆気に取られている星野に向き直った。

「星野さん。桂木さんの絵はお持ちですか？　本人と面識は？」

「どっちもないわ。勧められたけど、趣味じゃなくて。でも亡くなっちゃったし、買わなくてよかった。梅崎さんたちは大変よね。人気が出る前から絵を何点も買って、援助もしてたらしいから」

「援助？　桂木さんにお金を渡していたということですか？」

「ええ。ちらっと聞いただけよ」

星野が警戒したのがわかったので、時生は話を変えた。

「ギャラリーメディウムでは、よく作品を買われるんですか？」

「そうね。いいものを揃えてるし、国安さんも親切だから」

「アートインベスターズの三人はどうでしょう？」

続けて問うと、星野は即答した。

「親切よ。美術展に連れて行ってくれたり、買い物に付き合ってくれたり。少し前には、クルーザーで東京湾をぐるっと回ってくれたわ」

「なるほど。アートインベスターズは、国安さんの紹介ですか？」

すると星野は太く短い首を横に振り、「逆、逆」と答えた。

「梅崎さんが、ギャラリーメディウムを紹介してくれたの。国安さんがあそこを始める時、アートインベスターズがかなり出資したみたいよ」

「へえ」

相づちを打ちつつ、時生は大きな手応えと胸騒ぎを覚えた。間もなく南雲たちが戻って来て、梅崎が言った。

「星野様。南雲さんは藝大卒だそうです。さすがの知識と目利きですよ」

「藝大を出たのに刑事をしてるの？　なんで？」

無遠慮に訊ね、星野は改めて南雲を眺めた。ソファに座り直し、南雲は「なんでしょう」と笑ってはぐらかした。好奇心をかき立てられたのか、星野はさらに訊ねた。

「だから桂木さんの事件を調べてるの？　なら、あれも調べたんじゃない？　十年ぐらい前に、絵を真似て人が殺されたの。何とかってあだ名が付いてたでしょ」

「『リプロマーダー事件』ですね」

梅崎が返し、時生の胸がどきりと鳴る。一方南雲はノーリアクションで、木山が運んで来たコーヒーのお代わりを飲んでいる。空気の変化に気づいたのか、笑顔で木山が告げた。

「星野様。警察の方には、守秘義務がありますから」

「だってあの時、犯人はアート関係者じゃないかって騒がれて、イヤな思いをしたのよ。でもあれ、殺されたのは悪人ばっかりなのよね。しかも、やってた悪事と絵のテーマやモチーフが重なるの。何だったかしら。覚えてる？」

そう問われ、益塚は困惑したように梅崎を見た。と、南雲が告げた。

「構いませんよ。どうぞ」

「はあ」と返し、益塚は語りだした。

「一人目の被害者は、ホストにはまって幼い子どもを放置していた女性です。ジョット・ディ・ボンドーネの『最後の審判』という壁画の一部に描かれた、淫蕩《いんとう》の罪で髪の毛を木の枝に結び、全裸で吊された女と似た姿で亡くなっていました。二人目も女性で、夫に生命保険をかけて溺死させた疑いがかかっていました。リプロマーダーが再現したのは、ジョン・エヴァレット・ミレイの『オフィーリア』。戯曲『ハムレット』の登場人物・オフィーリアが川で溺れ、祈りの歌を口ずさみながら死んでいく姿が描かれているんですが、女性もそっくりな姿で溺死していました。三人目は男性で、ひどいパワハラ行為を糾弾されていたワンマン社長です。反対派の議員を次々とギロチン台送りにしたうえ入浴中に刺殺された政治指導者を描いた、ジャック＝ルイ・ダヴィッドの『マラーの死』を再現するように、バスタブの中で刺し殺されていたそうです」

途中からはきはきと、熱を帯びた口調になり、益塚は説明した。時生の頭にはそれぞれの事件の現場と被害者の姿が浮かび、そこにリプロマーダーが再現した絵画が重なった。胸が締め付けられ、十二年前に覚えた憤りと闘志が蘇る。感心したように、星野が言う。

「そうそう。益塚さん、すごいじゃない」

「あのころ僕は学生でしたが、『お前がやったんじゃないのか？』とからかわれたもので」

急に気まずそうな顔になって応え、益塚は南雲を見た。それを見返し、南雲は告げた。

「それは大変だったね。いいから、先を続けて」

「あ、はい」と面食らったように返し、益塚は話を再開した。

「四人目は資産家の男性で、エドゥアール・マネの『自殺』を再現した、拳銃を握ってベッドに倒れるという姿で亡くなっていました。この絵はモデルもモチーフも不明なんですが、マネは自死したアシスタントを見つけた経験があり、そのトラウマが『自殺』と関わっているのではと言われています。被害者の男性は、女性を乱暴してはお金で解決していたそうなので、女性たちに与えたトラウマへの制裁じゃないかと噂されていました」

「あっそう。ありがとう」

聞いている途中で話に飽きたのか、星野は雑に返した。語り口調からして、アートマニア、おたくってやつか。それもあって、からかわれたんだろうな。そう考え、時生が益塚を見ていると、また南雲が口を開いた。

「警察官として、事件が未解決のままなのはもちろん、市民のみなさんに迷惑をおかけしたことを申し訳なく思います。捜査は続いていますし、必ず犯人は逮捕されるはずです」

珍しくタメ口を交えずに告げ、立ち上がって頭を下げた。益塚と梅崎、木山が「いえ、そんな」と恐縮する。遅れて時生も一礼したが、動きがぎこちなくなるのを感じた。

アートインベスターズを辞し、近くの駐車場に停めたセダンに戻った。楠町西署に戻るためにセダンを走らせ、時生は南雲に星野と二人きりの時に聞いた話を伝えた。話を聞き終えた南雲は「やっぱりね」と呟き、こう続けた。

「ギャラリーメディウムを始める前、国安は青山《あおやま》の画廊で働いていたみたいだよ。でも一年ちょっとで、それ以前の経歴はわからない。アートを見る目はあるようだけど、ギャラリーの経営にはお金がかかる。で、スポンサーがいるなと思ったんだ」

「それがアートインベスターズで、梅崎たちは投資したお金を回収するために、星野のような顧客にギャラリーメディウムを紹介していたんですね」

「そういうこと。でも、彼らもこれから大変だな」

胸ポケットに挿した鉛筆の位置を直しながら、南雲が言う。時生は訊ねた。

「桂木さんが亡くなったからですか？　梅崎たちは桂木さんの絵を何点も買って、生活の援助までしていたそうですからね」

「いや。僕が大変と言ったのは、そういう意味じゃない。それに梅崎たちは桂木さんが亡くなる前から、彼への投資は失敗だったと気づいていたはずだよ」

「亡くなる前？　どうしてですか？」

「星野さんは、梅崎たちが人気が出る前から桂木さんの絵を買ってたと言ったんでしょ？　絵の価格が下がる理由には大きく二つあって、一つはさっき言ったように画家が亡くなったり、スランプになったりして新たな作品を描けなくなった場合。で、もう一つは画家の描く絵が大きく変わって、新しい作風の方が評価された場合」

「ああ、そうか。梅崎たちはあの尻尾の絵が値上がりすると思って、何点も買ったんだ。でも桂木さんは画風を変えて、いたずら描きの方でブレイクしちゃった。となると、尻尾の絵が値上がりすることはなく、大損。桂木さんに腹を立てたんじゃないですか？」

勢いよく語りながら、時生の頭にはさっきアトリエで見た二種類の絵が浮かんだ。「小暮くん、わかってきたじゃない」と笑い、南雲はさらに言った。

「でも尻尾の絵は高価じゃなかっただろうし、アートの投資家なら、こうなることも想定していたと思うよ。腹を立てるかどうかは、桂木さんの態度次第だね」

「確かに。だとすると」

そう呟いて時生は頭を巡らせようとしたが、南雲は語り続けた。

「梅崎たちは、僕らの前では桂木さんの死を『ショックで』とか言ってたでしょ？　その前にはアート好きとも言ってたけど、大ウソだよ。四人で廊下に出た時に絵画や彫刻について質問したら、しどろもどろだった。益塚だけは本当のアート好きで、知識もあるみたいだけどね」

口調は厳しく、その横顔からは笑みも消えている。前方の信号が赤になり、時生はセダンを停めて隣に向き直った。

「じゃあ、梅崎たちを試すために鏡文字を書いて、廊下に連れ出したんですか？　リプロマーダー事件について益塚に語らせたのも、そのため？」

「そうだよ。もちろん、リプロマーダー事件について益塚たちに伝えたことは本当で、犯人を逮捕するけどね」

「逮捕って、どうやって？　まさか、南雲さんも」

言いかけてまずいと思い、時生は口をつぐんだ。焦りと後悔がこみ上げるのを感じながら隣を見続けていると、南雲も時生を見た。

「てな訳で、僕はやることがあるから。後をよろしく」

にっこりと告げるなりシートベルトを外してドアを開け、南雲はセダンを降りた。

「ちょっと。南雲さん！」

慌てて時生は呼びかけたが、南雲はスケッチブックを抱え、傍らの歩道を歩きだした。

7

午後三時。時生は楠町西署に戻った。二階の刑事課の部屋に入り、自分の席に行こうとして剛田の姿を見つけた。傍らの応接兼打ち合わせスペースに置かれたテーブルに着き、ノートパソコンを弄っている。時生は歩み寄って「お疲れ」と声をかけた。

「お疲れ様です。南雲さんは？」

顔を上げ、剛田が問う。夏物のしゃれたスーツを着ている。ため息をつき、時生は答えた。

「やることがあるんだって。まあ、どこにいるか想像は付くけど……井手さんは？」

「櫛田の鑑取りをしてます。さっき検死結果が出たんです。桂木さんの死亡推定時刻は、昨夜の午後七時から十時。死因は頭部損傷で、受傷部は小暮さんが見つけた後頭部の陥没です。他にも体中に打撲傷があったそうですけど、この傷ができたのは、後頭部の傷の二時間ぐらい後らしいんです」

「じゃあ、桂木さんはどこかで後頭部を殴られたあと発見現場に運ばれ、階段から投げ落とされたってこと？　後頭部の傷は、櫛田の自動車整備工場にあったボールジョイントセパレーターの先端の形状と一致した？」

時生は身を乗り出して畳みかけたが、剛田は「いいえ」と細い首を横に振った。

「似てますけど、傷よりボールジョイントセパレーターの方がわずかに大きいとか。でも井手さんは納得できないみたいで、鑑取りに」

そうだったのか。井手さんの意地とプライドはわかるけど、昼間の様子からしても櫛田はシロだ。怪しいのは……。頭を巡らせ、時生は剛田の前のノートパソコンを覗いた。液晶ディスプレイには、四角い枠が複数表示されている。

「それはギャラリーメディウムの防犯カメラの映像？」

「ええ。あのビルは一階のエントランスと非常階段に通じる裏口、あとはエレベーターの中に防犯カメラを設置しています。これは昨日の午後七時の映像」

そう説明し、剛田はノートパソコンを操作して映像を再生した。奥のドアと手前の黒いビニールタイル張りの床には見覚えがあるので、一階のエントランスに設置された防犯カメラの映像だろう。と、ドアが開いて若い男性がエントランスに入って来た。顎の細い白い顔と、長袖のボーダーカットソー。桂木径だ。

「で、このあと桂木さんはエレベーターに乗ります」

そう続け、剛田はエントランスの防犯カメラの映像を止め、別の枠を手前に持って来た。こちらはエレベーター内の防犯カメラの映像で、剛田の言葉通り、ドアの前に立つ桂木が映っている。十秒ほどでドアが開き、桂木はエレベーターを降りて行った。壁の操作パネルの液晶画面には「2」と表示されているので、二階だろう。それを確認し、時生は告げた。

「桂木さんは二階のギャラリーで、オーナーの国安、アート専門の投資会社の三人と打ち合わせをしたらしいんだ。間違いない？」

「はい。この人たちですよね」

頷き、剛田はエレベーター内の防犯カメラの映像を早送りした。すると桂木から遅れること約二分。スーツ姿の梅崎、木山、益塚がエレベーターに乗り込んで来た。こちらも二階で降りる。

「今日の鑑取りによると、桂木さんはこの一時間ほど後にビルを出たそうなんだ。で、その直後に星野雪路という女性がやって来て、午後九時前後に帰っているはず。その後の、国安とアートインベスターズの三人の動きは？」

「星野という女性は、年配でぽっちゃり？　だったら小暮さんの言うとおりで、午後八時十分にビルに入って、一時間後に出ています。国安とアートインベスターズの三人がビルを出たのは、今日の午前零時過ぎですよ」

「午前零時？　そんな時間まで何をしていたんだろう。でも桂木さんが午後八時にビルを出たのなら、国安たちのアリバイが立証されるな」

時生が呟くと剛田は「問題はそこなんです」と口調を強めて告げ、こう続けた。

「エレベーター内に設置された防犯カメラにはセンサーが付いていて、エレベーターが動くと録画が始まる仕組みです。昨日の午後八時。確かにエレベーターは二階に行き、録画もされていました。でも」

そこで言葉を切り、剛田は別の枠を表示させた。映っているのは、一階から二階に昇るエレベーターの中。明かりは点っているが無人だ。と、二階に到着してエレベーターのドアが開いた。集中し、時生はさらに身を乗り出した。が、その直後、映像はぶつりと途切れ、枠の中は真っ暗になった。驚き、時生は「えっ！」と声を上げた。

「停電です。二分ほどで直りましたけど、エントランスと裏口の防犯カメラでも、同時刻に同じ現象が起きていました」

「桂木さんがビルを出る姿は確認できないってこと？　でも、他のテナントの人に話を聞いたけど、停電があったなんて言っていなかったよ」

「防犯カメラの電源だけが落ちたのかも。ギャラリーメディウムのビルは古いんですよね？　だったら、ブレーカーのセキュリティーはゆるゆるの可能性が高いです」

おっとりした口調ながらも断言する。その顔を覗き、時生はさらに問うた。

「じゃあ誰かが意図的にエレベーターとエントランス、裏口のブレーカーを落とし、二分後に復活させたの？」

「そうなりますね」

絶句し、時生は真っ暗な状態で一時停止された映像を見つめた。

8

ノブを摑んで引くと、ドアは開いた。またカギを閉め忘れてる。うんざりし、時生は息をついた。玄関に入り、ドアを閉めて施錠し、チェーンもかけた。

靴を脱いで廊下を進み、奥のドアを開けた。とたんに、ダイニングキッチンのテーブルに着いた女の背中が目に入った。くるりと振り向き、女が言う。

「よう」

「野中さん⁉」

目を見開き、時生は野中を見返した。テーブルには料理の皿やグラスなどが並び、野中の向こうには姉の仁美もいる。

「お勤めご苦労。あんた、今日は当番明けで休みなんじゃなかったの？」

焼酎のロックらしき液体の入ったグラスを口に運び、仁美は訊ねた。いつものスウェットの上下を着て、赤い顔をしている。

「休みじゃなく非番。事件が起きたって、昼間報せただろ——あっ！　それ食べちゃダメだよ。明日のお弁当のおかずなんだから」

早口で告げ、時生はテーブルに歩み寄った。テーブルの上の皿にはミニハンバーグが二個載っているが、そのうちの一つは半分囓られている。脱力し、時生はぼやいた。

「どうするんだよ、もう……野中さん、何しに来たの？」

「そういう言い草はないんじゃない？　昼間のお礼に来たのよ。古閑さんを紹介してくれたでしょ。たっかい焼酎を持って来たんだから」

微妙に呂律《ろれつ》が回っていない声でわめき、野中はテーブルの上のボトルを指した。

「自分が飲みたかっただけだろ。古閑さんを紹介したのは僕じゃなく、南雲さんだし」

「わかってるわよ。でも南雲さんの連絡先はわからないし、訊いてもはぐらかされるし」

口を尖らせ、野中が返すと仁美が言った。

「でも琴音ちゃん、古閑さんの連絡先はゲットしたのよね。やったじゃん」

「やだ、名刺を交換しただけだも～ん。私なんて、相手にしてもらえないわよう」

二人で騒ぎ、ぎゃははと笑う。今どき「ゲット」って。何が「だも〜ん」に「わよう」だよ。心の中で二人に突っ込み、時生は傍らの棚にバッグを置いた。

今日はあの後、捜査会議に出た。時生は鑑取りの結果とギャラリーメディウムの防犯カメラの映像の関連性を説明し、国安とアートインベスターズの三人を重要参考人として聴取するように進言した。しかし村崎は「アリバイがある」と難色を示した。

首を回し、時生は隣のリビングを見た。手前のソファに香里奈と絵理奈の双子が色違いのパジャマの背中を見せて座り、その奥のテレビの前にTシャツとハーフパンツ姿の長男・有人と、ピンクのスウェットを着た長女・波瑠が座っている。時刻は午後八時前で、テレビはニュースを放送している。時生が子どもたちに話しかけようとした矢先、リビングに甲高い女の声が流れた。

「いい加減にして！　あんたたち、どこのテレビ局？　地獄に真《ま》っ逆《さか》さまよ」

とたんに、子どもたちが声を揃えて笑う。テレビの画面には、派手な柄のブラウスを着た初老の女が映り、こちらを睨んでいる。その映像に、アナウンサーらしき男の声が重なった。

「——このように、山口《やまぐち》容疑者は自宅前に集まったマスコミに怒りを露わにしています。なお、警察への取材によると」

そこまで聞き、時生はリビングに入った。ローテーブルの上のリモコンを取り、迷わずテレビを消す。抗議の声を上げる子どもたちに、ぴしゃりと告げた。

「こんなの見ちゃダメ。香里奈と絵理奈は寝る時間だぞ。有人はお風呂に入って。波瑠、宿題やった？」

すると香里奈と絵理奈は素直に「は〜い」と立ち上がり、有人は「え〜っ」と口を尖らせた。一方波瑠は、顔を背けて黙っている。

いまテレビに映っていた女は、都内の鍼灸《しんきゅう》院の院長だ。強いカリスマ性を持つ院長は患者を洗脳し、高額な治療費を支払わせたうえ健康食品などを購入させていた。それがトラブルとなり、支払った金の返還を求めた元患者の男性が行方不明になっていると週刊誌が報道し、所轄署も捜査に動いているという。「地獄に真っ逆さまよ」というのは院長が患者を洗脳する際の決め言葉で、連日マスコミが報道し、若者や子どもの間でちょっとした流行語になっている。

仁美に付き添われ、子どもたちはそれぞれの部屋と風呂場に向かった。室内には二人きりになり、時生はダイニングキッチンに戻って野中の隣の椅子に座った。

「心配して来てくれたんでしょ？　先月、話を聞いてもらうようにするって言って、それきりだったもんな」

「まあね。相変わらず、うなされてはベッドから落ちてるみたいだし……ねえ。十二年前のあの夜、南雲さんと何かあった？　現場で四人目の被害者を見つけて、二人でリプロマーダーらしき男を追いかけたんでしょ？　でも途中で南雲さんとはぐれ、小暮くんは男に襲われた。本当にそれだけ？」

頰は赤いが表情を引き締め、野中は問うた。頷き、時生は答えた。

「そうだよ」

「でもあの夜以降、小暮くんたちコンビの雰囲気が変わった。何がどうとは、上手く説明できないけど」

さすがに鋭いな。そう思い、警戒も覚えながら時生は笑って返した。

「確かに、僕は変わったかもね。ようやく姿を現した被疑者《マルヒ》を取り逃がして、叱られまくってマスコミにも叩かれまくったから。でも、南雲さんは変わってないよ。このまえ会って、わかったでしょ？」

「まあね……小暮くん。南雲さんに言いたいことがあるんじゃない？」

「言いたいことか。山ほどあってどれから、って感じかな。でも、その時が来たら言うよ」

最後のワンフレーズだけ、本意を伝えた。それに気づいたのか気づかなかったのか、野中は「そう」と答えて目を伏せた。申し訳ないような気持ちになり、時生はこう続けた。

「いろいろありがとう。野中さんこそ、何か言いたいことはないの？　いつも聞いてもらってばかりじゃ悪いから、何でも言って。僕、野中さんには幸せになって欲しいんだ」

すると野中は「寒《さむ》っ！」と顔をしかめて身を引いた。

「いきなりなに？　小暮くんって、時々そういうこと言うよね。キザっていうか、クサいっていうか……巷《ちまた》には、それを言っていいのはイケメンだけって意味の、『ただしイケメンに限る』ってフレーズがあるらしいんだけど、知ってる？」

「知らない、っていうか、ひどいな。どうせ僕はイケメンじゃないよ」

憤慨した時生だが、少し前に波瑠に何気なく言葉をかけたら「ウザっ！　キモっ！」と騒がれたのを思い出した。


どすん。音と衝撃で、時生は目覚めた。暗がりのなか視線を動かすと、ベッドサイドテーブルのデジタル式目覚まし時計は午前二時前。左腕と左腰にはお馴染みの鈍痛がある。いつもより、夢を見る時間が早い。野中さんと話したから、あるいは当番明けにぶっ続けで働いたせいか。ぼんやりした頭で考え、時生は起き上がった。あの後、野中は午後十時過ぎに帰って行った。

夢の内容は、いつもと同じ十二年前のあの夜だった。リプロマーダーの四人目の被害者を発見し、犯人と思しき男を追ったが、襲われた。時生は地面に倒れ、そこに黒い革手袋をはめた男の両手が迫って来た。そして覚えた、ある違和感……。

衝動に駆られ、時生は壁のスイッチを押して部屋に明かりを点けた。壁に立てかけた金属製の棒を取って天井の扉を開け、小屋裏収納の梯子を下ろす。足音に注意しながら梯子を上がり、小屋裏収納に入った。エアコンで冷えた体に、埃の匂いをはらんだ熱い空気がまとわりつく。小屋裏収納の明かりも点け、頭を低くして窮屈なスペースを進んだ。

まず奥の小窓を開け、その前にあぐらをかいて座った。周囲の壁にはリプロマーダー事件の捜査資料と地図、現場や被害者の写真等がびっしりと貼り付けられている。

時生は傍らに腕を伸ばし、書類の束の上に置かれたプラスチック製の密閉容器を取った。蓋を開け、中から紙箱を取り出し、さらにそこから茶色く小さなガラス瓶を出す。ガラス瓶の中には、透明な液体が入っている。黒いキャップを外し、ガラス瓶を鼻に近づけた。クセはあるが、甘みと爽やかさもある樹脂の香り。ガラス瓶のラベルに記された文字は、「パインオイル」。十二年前、コンビを組んでリプロマーダー事件を捜査していた時、南雲が漂わせていた香りだ。そして時生は、自分に迫って来た男から、これとそっくりな香りを感じた。

リプロマーダーの正体は、南雲さんなんじゃないか。この十二年の間に何百回と繰り返した疑問が浮かび、胸が騒ぐ。そこにさっき野中と交わした会話も重なり、時生は呟いた。

「その時が来たら言う。南雲さんに」

すると決意は新たになり、力が湧いた。時生は深く息を吸い、体全体に刻み込むように二回、三回とパインの香りを嗅いだ。

9

「――繰り返します。『ミラクルチェアカバー』、五色セットで八千円！　これが最後のチャンスです」

南雲の耳に、ハイテンションの女の声が入ってきた。さっき始まったラジオの通販番組で、今日の商品は椅子の座面に装着する布カバーらしい。女はさらに言った。

「このカバーを座面にセットすれば、古くなったり、汚れたりした椅子も見違えるようになります。伸縮性があるので、付け外しは簡単。もちろん、ご自宅でお洗濯できます。さあ、今すぐお電話でご注文下さい！　……なお、商品には代金とは別に消費税と送料千円がかかります」

最後のワンフレーズだけ、声のトーンを落として告げる。とたんに、ふん、と鼻を鳴らす音がして、別の女の声が聞こえた。

「なら、合計一万円近くかかるじゃないか。新しい椅子を買った方が安いね」

声の主は、永尾チズ。カウンターの中に置いたラジオの前に、腕組みして立っている。ここは楠町西署にほど近い、「ぎゃらりー喫茶　ななし洞」で、店内にはたくさんの絵や花瓶、彫刻などが陳列されている。時刻は午後二時過ぎだ。

腕を伸ばし、南雲はカウンターの上の蓋付き紙コップを取った。その脇には既に空になった紙コップが二個と、鉛筆、スケッチブックが置かれている。南雲が紙コップを口に運び、ぬるくなったラテを飲んでいると後ろでドアの開く音がした。店に入って来た誰かが、カウンターに歩み寄って来る。

「やっぱりここにいた。スマホのメッセージは確認してるみたいだけど、返事を下さいよ」

振り向けば、時生だ。外は暑いのかスーツのジャケットを脱いでいる。ワイシャツに締めたネクタイは、淡いブルーに濃いベージュのペイズリー柄だ。紙コップをカウンターに戻し、南雲が「ごめん」と笑うと、チズが言った。

「ドタバタ歩くんじゃない。何か壊れたら、弁償してもらうからね。あと、コーヒーは淹れないよ」

ラジオを止め、切れ長の目で時生を睨《ね》めつける。片手に火の付いていない煙管を持ち、黒い絽《ろ》の着物を迫力満点に着こなしている。

「すみません、気をつけます。コーヒーがダメなら、紅茶はどうですか？」

笑顔で訊ねた時生だったが、チズにさらに睨まれ、慌てて南雲に視線を戻す。

「『やることがある』とか言って、何もしてないじゃないですか」

「してるよ。考えごとをね。頭の中は大忙しなんだから」

本当のことを答えたのに時生はうんざりした顔になり、話を変えた。

「ギャラリーメディウムのビルの管理会社に確認したら、電気ブレーカーは一階の廊下の奥にありました。扉は付いているそうですが、施錠していなくて、剛田くんの言った通り『セキュリティーはゆるゆる』の状態でした」

そこで言葉を切って声のトーンを落とし、時生は告げた。

「考えたんですけど、一昨日の夜に国安たちと打ち合わせをした時に何かあり、桂木さんは後頭部を負傷したんじゃないでしょうか。で、国安たちは桂木さんをギャラリーのどこかに隠し、ビルの二階にエレベーターを呼んでブレーカーを落とし、防犯カメラを止めた。そして二分後にブレーカーを上げ、星野と商談をしたのかも」

「でも、アリバイがあるよ。国安たちは昨日の午前零時過ぎまで、ずっとギャラリーメディウムにいたんでしょ？　ブレーカーを落とした二分の間に桂木さんを運び出したとしても、帰って来れば防犯カメラに映っちゃうし」

そう返した南雲だが、昨日から同じ疑問を自分に投げかけ続けている。「そうなんですよねえ」と首を捻り、時生は南雲に向き直った。

「そう言いつつ、南雲さんも国安たち四人を怪しいと思ってるでしょ？」

「このまえ言ったよね？　僕は創作、つまり捜査の過程は公表しない主義なんだ」

これまた本当のことを言うと、時生はむっとした顔になった。説教されるのはごめんなので、南雲はこう続けた。

「でも、間違ってはいないよ。『作品に寄り添い過ぎると、判断を大きく誤る恐れがある』とも言うし。ちなみにこれは――」

「国安たちのことですか？　確かにそうだ。南雲さん、いいこと言いますね」

感心したように返され、南雲は言おうとした言葉を呑み込んだ。時生がカウンターの隣の椅子に座ったので、南雲は視線を前に戻した。スケッチブックを開き、ページの間に挟んでいた書類を取ってカウンターに置いた。ギャラリーメディウムのパンフレットで、ギャラリーの見取り図と写真、備品の一覧、貸し出し料金などが載っている。当然ギャラリーには何も展示されていない状態で撮影され、写真には室内の奥行きや天井の高さなどの数値が記されていた。

「しかし、見事に真っ白ですねえ」

隣からパンフレットを覗き、時生が言う。備品の一覧には写真も添えられていて、昨日ギャラリーで見た木製の展示台はもちろん、テーブルや椅子、看板に至るまですべて白だ。

「主役は作品だからね。でも、真っ白じゃないギャラリーもあるよ」

「へえ……あれ。部屋の奥に壁がある。昨日はなくて、窓から外が見えましたよね？」

「あの壁は可動式で、展示の内容や規模に合わせて動かしたり取り外したりできるんだ」

南雲が説明すると時生は「そうなんですか」と呟き、考え込んだ。

「星野は一昨日、午後八時十分にギャラリーメディウムに来ています。桂木さんの身に何か起きたのがその直前だとしたら、彼を部屋から運び出す時間がなかった可能性があります。国安たちはギャラリーの壁を手前に動かし、その裏に桂木さんを隠したのかも」

「僕もそれは考えた。だから昨日星野に、ギャラリーに変わった様子はなかったかって訊いたんだ。倒れた状態の人を隠すには、作業スペースも含め一メートル以上壁を移動させなきゃならない。さすがに星野も気づくでしょ」

「そうですか……でも、諦めませんよ。見せて下さい」

そう返し、時生は南雲の手からパンフレットを取って眺めた。パンフレットには他にもギャラリーの窓や、川沿いという立地の魅力をアピールしている。確かにあの窓と川は、開放感があってよかったな。ついそんなことを考えていると、また後ろでドアが開いた。

「こんにちは〜」

力の抜けた声で挨拶し、店に入って来たのは剛田。細い体で狭い通路をすいすいと抜け、カウンターに歩み寄って来る。驚き、時生が訊ねた。

「どうしてここへ？」

「南雲さんに呼ばれたんですよ……へえ。レトロっていうかクラシカルっていうか、素敵なお店ですねえ」

呑気に感想を述べ、剛田は店内に視線を巡らせた。「せっかくだし、何か飲んで行こうかな。メニューは」と続けた剛田を、チズがじろりと見る。慌てた時生が「ダメだよ」と声をかけると剛田は、「あ、ひょっとして」と呟いた。

「ここはドリンクとフードの持ち込み可？　だとしたら、ナイスコンセプトです。そういうお店、増えてきてますよね」

南雲の前に並んだチェーンのコーヒーショップのロゴが入った紙コップに目をやり、言う。「そうなの？」と時生に問われ、剛田は「ええ」と頷いた。

「飲食を提供すると、材料費や人件費がかかるでしょ。それを省いて、本当に売りたいもののアピールに専念するってスタイル。ローコストオペーレションの一例です」

「坊や。わかってるね」

チズが言う。腕組みしたままだが、感心したように剛田を見ている。「どうも」と剛田が笑い、時生は「えっ⁉」と驚いてこう続けた。

「ここはそういうお店なんですか？　ていうか、剛田くんの話を理解できたんですか？」

「お黙り！」

チズに一喝され、時生は口をつぐむ。やり取りが一段落したので、南雲は問うた。

「剛田くん。例の件は？」

「国安照希の経歴ですよね。調べましたよ。南雲さんの言うとおり、青山のギャラリーにいた一年間以前のものは見当たらないんですよね」

そう答えながら剛田は脇に抱えていたタブレット端末を両手で持ち、操作した。時生がそれを見て、南雲も剛田を見守る。と、わずかな間の後、剛田はこう続けた。

「でも、突き止めました。国安は元画家です」

「画家⁉」

南雲と、同時に時生も声を上げ、チズが訝しげにこちらを見る。

「ええ。本名じゃなく、深町刹那《ふかまちせつな》って雅号《がごう》を使っていたから、わからなかったんです。ちなみに、作品はこんな」

さらに続け、剛田はタブレット端末の画面を正面に向けた。迷わず、南雲は立ち上がってタブレットを取った。

そこには、キャンバスいっぱいに広がった枝に、色とりどりの花を咲かせた樹が描かれていた。タッチは優しく幻想的だが、構図は大胆。他にも、花や草木を描いた絵が数枚並んでいる。隣から絵を覗き、思わずといった様子で時生が言った。

「きれいですねえ」

確かに美しいし、技術も確かだ。でもそれだけで、ここにある絵からは昨日国安が言っていた、「語りかけてくるもの」は感じられない。そんなことを考えながら絵に見入っている南雲の耳に、剛田の声が届く。

「日本じゃなくフランスで創作活動をしてたけど、売れなかったみたいです」

元画家。創作活動。頭の中で繰り返すと、さっき見たギャラリーメディウムのパンフレットの写真と、「見事に真っ白ですねえ」という時生の声が蘇った。

その直後、大きな衝撃が走り、一つの閃きがあって頭の中が真っ白になった。と、そこに現れたのは、レオナルド・ダ・ヴィンチの空気スクリュー。風を切る音をかすかに立て、白い布が張られたスクリューを回転させている。これまでの二回同様、空気スクリューは南雲の頭の中を悠然と横切り、どこかに消えていった。

「前言撤回。ネクタイのセンスはいまいちだけど、きみはすごいよ」

我に返るなり、南雲は時生に告げた。きょとんとした時生に「行くよ」と促し、剛田にタブレット端末を返す。「どこへ？」「何しに？」という時生と剛田の問いかけを聞きながら、南雲はカウンターからスケッチブックと鉛筆を取った。そして「チズさん。またね」と手を振ってドアに向かった。

10

ため息の音に、時生は隣を見た。眉をひそめた国安が、腕時計を覗いている。「すみません」と頭を下げた時生に、国安は訴えた。

「もう三十分以上経ちましたよ。捜査とはいえ、困ります」

「じきに終わるはずなので、ご協力下さい」

時生がさらに頭を下げると、国安は「まったく」と呟いてスマホを弄りだした。ここはギャラリーメディウムの前の廊下だ。時生たちの傍らの床にはビニールシートが敷かれ、その上に油絵が収められた額縁が並んでいる。

一時間半ほど前。ななし洞を出た南雲は時生と剛田を連れて楠町西署に戻った。セダンに乗り込んだ南雲は、「小暮くんも乗って。剛田くんは刑事課で待機」と告げた。訳がわからないまま、時生は南雲の指示通りにセダンを走らせ、ここに来た。

ビルに入った南雲はまっすぐギャラリーに向かい、古閑と国安に「ここを捜査で使わせて」と告げた。国安は「とんでもない」と拒否したが、古閑は「いいよ」と即答した。それからスタッフも呼び、一時間以上かけて展示されていた絵を廊下に運び出した。すると南雲は時生と国安を廊下に残し、「いいって言うまで、ここにいて」と告げてギャラリーに入った。

と、廊下の手前で音がして、エレベーターのドアが開いた。降りて来たのはジュエリーホシノの星野と、アートインベスターズの梅崎、木山、益塚だ。

「みなさん、どうされたんですか？」

真っ先に国安が反応し、こちらに歩み寄って来ながら星野が答えた。

「南雲さんに呼ばれたのよ。急いでここに来て欲しいって」

「僕らもです。何なんですか？」

星野の後に続き、迷惑そうに梅崎が問う。後ろの木山と益塚も、訝しげだ。「すみません」と時生が三度《みたび》頭を下げようとした時、ギャラリーのドアが開いて南雲が顔を出した。

「お待たせ。どうぞ」

スケッチブックを抱え、笑顔で手招きする。ぶつくさと文句を言う星野を先頭に梅崎たち三人、国安、時生の順でギャラリーに入った。

奥の窓が壁で塞がれ、照明も絞っているので手前よりも薄暗い。左右の壁の前には、四角く縦長の白い台が各五台ずつ、背の高い順に等間隔で並べられていた。と、ドアの脇に立った南雲が言った。

「一昨日、みなさんが来た時の状況を再現しました」

「そうね。確かにこんなだったわ」

脇にあるカウンターに寄りかかり、星野が返す。スタッフが忘れていったのか、カウンターの上には文房具と工具がいくつか載っていた。

「よかった。その星野さんの返事が、今回の事件の謎を解くカギでした」

「どういう意味？」

「実はこの状況は、星野さんにある勘違いをさせるためにつくられたものです。つくったのはこの四人」

後半は自分と星野の間に立つ国安、梅崎、木山、益塚に目を向け、南雲は告げた。時生は驚き、梅崎たちも顔を見合わせる。南雲は語りだした。

「一昨日の午後七時。あなた方四人はバックヤードで桂木さんと会った。桂木さんの新しい画風が評価され、以前の画風で描かれた作品が値上がりする可能性はほぼゼロ。以前の画風の作品を買い、生活の面倒まで見ていた梅崎さんたちは納得がいかないし、腹も立つ。で、桂木さんを責めたんでしょ？」

問いかけはしたが答えは待たず、南雲は話を続けた。

「もちろん、軽いグチや嫌味のつもりだったんでしょう。でも桂木さんは怒り、仲裁しようとした国安さんを無視してあなた方と口論になった。その結果、キレた桂木さんはバックヤードを飛び出し、後を追って来たあなた方とここで揉み合いになったんです。誰かが桂木さんを突き飛ばし、彼は仰向けで倒れた。でもここには、売り手に送るためにあるものが置いてあり、桂木さんはそれに後頭部を打ち付けてしまった。あるものが何かと言うと」

そこで言葉を切り、南雲はスケッチブックを開いて書類を出した。このギャラリーで販売している作品のカタログで、南雲が指しているのは、白い台に乗ったブロンズ彫刻。長い角と青緑色の丸い体が特徴的なそれは、昨日南雲が「これを買ったら？」と野中に勧めていたカブトムシだ。よく見れば、その角の先端は二つに分かれ、さらにその二つの先も、

二股に分かれている。桂木の後頭部の傷が頭に浮かび、時生は、

「あっ！」

と声を上げてしまう。目配せし、南雲はカタログをスケッチブックに戻し話を再開した。

「角の先端の形状と、僕が友人にこの彫刻を勧めた時のあなたの反応で、これが事件の『凶器』だと気づきました」

梅崎たちの脇に立つ国安に語りかけた。その後ろの星野は、呆気に取られている。

「いや」

うろたえつつも返した国安だが、先が続かない。

「ここからが本題。桂木さんは虫の息だし、ここにはすぐに星野さんが来る。焦った梅崎さんたちは、『なんとかしろ』と国安さんに詰め寄ったんでしょう。国安さんは必死に考え、ある方法を思いついた。で、彼がそれを実行している間に、梅崎さんたちは防犯カメラのブレーカーを落とし、桂木さんがここを出たかどうか確認できないように細工した」

「ある方法って？」

しびれを切らしたように星野が問い、南雲は部屋の奥の壁を指して答えた。

「あの壁は可動式です。国安さんはあれを手前に移動させ、裏にできたスペースに桂木さんを隠したんです。でも、それだけでは星野さんに気づかれてしまう。そこで、部屋中が真っ白という状況を利用し、仕掛けをした……色には、ものを小さく引き締まっているよ

うに感じさせる『収縮色』と、大きく広がったように感じさせる『膨張色』があります。前者には黒や青があり、後者の代表は白」

国安がさらにうろたえ、顔を強ばらせたのに時生は気づいた。南雲の話は続く。

「加えて、視覚芸術の世界には『遠近法』という技法があります。遠くにあるものを小さく、近くにあるものは大きく描くことで、空間に奥行きと立体感を演出するというもの。この技法を使い、背の高い家具を手前に、その後ろに背の低い家具を置くことで部屋を実際より広く、奥行きがあるように感じさせることができるんです」

淀みなく語り、南雲は左右の壁を指した。時生と他の五人の視線も動く。そこにはさっきも見た四角く縦長の白い台が、背の高い順に等間隔で並べられていた。

僕の読み通りだ。だからさっき南雲さんは、「前言撤回」「きみはすごいよ」と言ったのか。時生は合点がいったが、星野は混乱して捲し立てた。

「何それ。じゃあ、私はその遠近法となんとか色《しょく》にごまかされたの？」

「そう。星野さんは目が悪かったということもあります。でもこれは、国安さんだから思いつき、成立させられたトリックです。膨張色も遠近法も、元画家のあなたなら、知っていて当然。でしょ？　質問、異論反論、その他ご意見があればどうぞ」

南雲に微笑みかけられ、国安は話しだそうとした。と、それを遮るように梅崎が言った。

「黙って聞いていれば、何なんですか。僕らは桂木さんを突き飛ばしても、隠してもいません。言いがかりもいいところだ。あなた、それでも刑事なんですか？」

「今のところ一応」

南雲にしれっと返され、梅崎が絶句する。すると木山も口を開いた。

「絵を買って、援助していたのは事実です。でも私たちは桂木さんを責めていないし、ましてや殺したりしていません。証拠はあるんですか？　そもそも私たちと国安さんは、昨夜の零時過ぎまでここにいたんですよ。どうやって桂木さんを、遺体が見つかった場所まで運ぶんですか？」

整った顔を険しくして問われ、南雲は「ああ。それね」と頷いた。そしてそのまま時生を見て、「小暮くん。答えて」と促した。

「はい⁉」

散々語っておいて、そこはノープランなのかよ。突っ込みながらも焦りが押し寄せ、時生は必死に頭を巡らせた。

国安の反応からして、桂木さんが負傷するまでの流れと、膨張色と遠近法を使ったトリックは南雲さんの推測通りだ。でも、木山の言うとおりこの四人にはアリバイがある。それを崩さないと。

ふいに、時生の頭に一枚の書類が浮かんだ。さっき、ななし洞で見た、ギャラリーメディウムのパンフレット。そこには。ここのつくりと立地をアピールする文言があった。大きな窓と、その外を流れる川だ。続いて、昨日アートインベスターズで聞いた「少し前には、クルーザーで東京湾をぐるっと回ってくれたわ」という星野の言葉が蘇った。

「わかった！　船だ」

気がつくと、そう叫んでいた。驚き、身を引いた木山と梅崎を見て返す。

「外の川に船を横付けし、その窓から桂木さんを運び出して乗せたんだ。そして自分たちも窓から出て船に乗り、乗らなかった誰かが車を用意した。で、適当な場所で船を下り、誰かと落ち合って桂木さんともども車に乗り換え、綿萱町二丁目に移動したんだ。ここには大きな脚立があるし、窓に防犯カメラは設置されていない。桂木さんを現場に遺棄して戻り、また窓から入れば、ずっとビルにいたとアリバイを偽装できる」

「バカ言うな。タクシーじゃあるまいし、そんなに急に船を用意できるかよ」

タメ口になり、梅崎は反論した。木山は頷き、国安と益塚は顔を強ばらせている。と、星野が言った。

「あらでも、前に立派なクルーザーで東京湾に連れて行ってくれたじゃない。『知り合いの船なんです』『頼めばいつでも来てくれますよ』って自慢してたわよね」

「黙れ」

押し殺した声で告げ、梅崎が星野を睨む。ぎょっとして星野は口をつぐんだが、時生の胸ははやった。梅崎を見据え、追い込む。

「その知り合いに話を聞けば、はっきりするな。川にも防犯カメラは設置されているし、お前たちがしたことは、すぐに明らかになるぞ」

逞しい肩を怒らせて時生を睨んだ梅崎だったが、「……わかった」と返し、俯いた。驚き、木山と益塚がその顔を見る。

まずは重要参考人として、署に連行。でも人数が多すぎるから、課長に応援を要請だ。そう算段し、時生はギャラリーのドアを施錠するために歩きだした。その直後、傍らで短い悲鳴が上がった。はっとして見ると、梅崎が星野を後ろから羽交い締めにしていた。その右手には、刃を出したカッターナイフが握られている。カウンターに置かれた文房具の中にあったか。

「梅崎。やめろ」

しまった。後悔と焦りとを同時に感じ、時生は立ち止まって言った。

「うるせえ！　動くな」

そうわめき、梅崎はカッターナイフの刃を星野の首に近づけた。星野は顎を上げ、顔を引きつらせている。

「星野さんを放せ。言いたいことがあるなら聞く」

「黙れ！　動くと星野を殺すぞ……おい。ドアを開けろ」

後半は振り返って告げ、木山がドアに走る。益塚はおろおろと、梅崎と時生を交互に見ている。と、梅崎の向かいに立つ国安が言った。

「もうやめましょう。これ以上、人を傷付けちゃダメだ」

身を乗り出し、切羽詰まった声で訴える。が、梅崎はさらに激昂し、

「ふざけるな！　お前が桂木をつけ上がらせるから、こんなことになったんだ」

と言い返し、星野にカッターナイフを突き付けたまま、横歩きを始めた。前方には、木山が開けたドアがある。梅崎はおろおろし続けている益塚を「行くぞ！」と促し、足を速めた。その拍子に、星野の足がもつれる。星野は尻餅をつく格好で転びかけ、それに驚いた梅崎のカッターナイフを握った右手が、星野の首から離れる。

今だ。迷わず、時生は動いた。梅崎に駆け寄り、両手で右手とその手首を摑む。

「放せ！」

梅崎は怒鳴り、時生に摑まれた右手を振り回した。と、星野の肩を押さえていた左手が離れ、星野は転がるように脇に逃れた。それを確認し、時生は梅崎に身を寄せて右手首を捻り上げようとした。と、梅崎はさらに怒鳴った。

「おい、益塚！　ぼやっとしてんじゃねえ」

「で、でも」

「ビビるな！　捕まったら終わりだぞ」

有無を言わせぬ一喝。二人は大学の先輩後輩と聞いたが、体育会か。そんな考えが時生

の頭をよぎった矢先、悲鳴めいた声を上げ、益塚が突進して来た。脇から時生の腰にしがみつき、押し倒そうとする。焦り、時生は首を後ろに回して叫んだ。

「南雲さん！」

が、そこに南雲の姿はなく、代わりに声が聞こえた。

「いま応援を呼んでる。がんばって！」

「『がんばって』って。助けて下さい！」

信じられない思いで言い返す。どうやら南雲は傍らのバックヤードに逃げ込み、開いたドアの脇に身を寄せているようだ。ぐい、と益塚が腕に力を込め、時生の片足が床から浮く。梅崎の右手を摑んだ手も離れかけたその時、

「右肘《みぎひじ》の内側下！　尺骨神経《しゃっこつしんけい》を刺激しろ」

と、鋭くよく通る声が耳に届いた。

尺骨神経？　何だよ、それ。苛立ちを覚えながらも、時生は梅崎の右手首から片手を離した。そして南雲に言われたとおりに梅崎の右肘の内側下を摑み、ジャケットの袖越しに親指で強く押した。とたんに梅崎は「うっ！」と声を漏らし、カッターナイフを握った右手がびくんと跳ねた。同時に右手の力も緩んだので、時生はカッターナイフを取り上げた。

「次に益塚の脛骨《けいこつ》！」

また南雲の声が飛ぶ。

要は弁慶《べんけい》の泣き所だろ。またイラッとしながら、時生は振り向いて右足を上げ、益塚の右脛《すね》を蹴り上げた。「痛っ！」と顔を歪め、益塚がその場にうずくまる。が、前に向き直った時生の目に映ったのは、右肘を押さえつつ、木山とドアからギャラリーを出て行く梅崎の姿。

「待て！」

カッターナイフをジャケットのポケットに押し込み、時生は駆けだした。

開け放たれたドアから廊下に出ると、手前前方に梅崎と木山の背中が見えた。廊下の先にある非常階段から逃げるつもりか。時生が焦りと怒りにかられた直後、チャイムの音がして、非常階段の手前にあるエレベーターのドアが開いた。

危ない。胸がどきりと鳴り、時生は走りながら前方を窺った。梅崎たちの肩越しに、エレベーターから降りて来た男が見える。はっとして、時生は言った。

「古閑さん。逃げて！」

その声に驚き、古閑はこちらを見た。梅崎たちは前進を続けている。すると、何を思ったのか古閑は廊下の真ん中に進み出た。こちらに向き直り、両手を体の横に広げる。通せんぼうをするつもりか。あっという間にその前まで行き、梅崎は怒鳴った。

「どけ！」

しかし古閑に動じる様子はなく、無言で両手を広げ続けている。薄暗い廊下に白いシャツに包まれた大きな体が浮かび上がり、強烈なオーラを放つ。それに圧《お》され、梅崎が立ち止まった。つられて木山も立ち止まり、時生は走り続ける。

くるりと、梅崎が振り返った。時生を迎え撃とうと、腰を落としてファイティングポーズを取る。追い込まれてキレたのか梅崎はすごい形相で、時生は一瞬怯む。とたんに、

「下顎骨《かがくこつ》だ。横から打て！」

と、後ろから南雲の声が聞こえた。

急ブレーキをかけ、時生は梅崎の手前で立ち止まった。右腕を上げ、拳で梅崎の顎の脇を打つ。その衝撃で梅崎は横を向き、同時に頭が前後に揺れた。次の瞬間、梅崎は目を閉じてその場に崩れ落ちた。

やった。安堵したのも束の間、時生は猛烈な違和感を覚えた。パニックを起こして騒ぐ木山の足元で薄目を開け、横倒しになっている梅崎。その姿に十二年前の自分が重なり、あの夜の記憶とパインの香りが蘇る。

「小暮くん。手錠」

駆け寄って来た南雲に促されて我に返り、時生は梅崎に「公務執行妨害で逮捕する」と告げ、腰のホルダーから手錠を出した。梅崎が軽い脳震盪を起こしているだけなのを確認して手錠をかけ、向かいに問うた。

「古閑さん。大丈夫ですか？」

「それはこっちの台詞だよ。さすがに心配になって来てみたら」

腕を下ろし、驚いたように古閑が返す。「大当たりだったね」と勝手に言葉を引き継ぎ、南雲は笑った。

梅崎と木山を連れてギャラリーに戻り、ドアに施錠した。星野は古閑に、このビルの一階にあるギャラリーメディウムの事務所に連れて行ってもらった。床に寝かせた梅崎はじきに回復し、ビルの外からこちらに向かうパトカーのサイレンの音が聞こえてきた。それに駆り立てられたように、突っ立っていた国安が言った。

「全部南雲さんの話の通りです。梅崎さんに突き飛ばされて頭を打ち、ぐったりした桂木くんを僕が壁の裏に隠しました。星野さんが帰った後、彼をシートでくるんで窓から搬出し、『美術品を運ぶ』と言って、梅崎さんの知り合いが運転するクルーザーに乗せました。その後、僕がギャラリーのワンボックスカーを出して川下でクルーザーを降りた梅崎さんたちと落ち合い、四人で桂木くんをあの階段まで運んだんです」

「すぐに助けを呼べば、桂木さんは亡くならずに済んだかもしれない。なんでですか？桂木さんはあなたが見つけた、大切なアーティストだったんでしょう？」

怒りと疑問が湧き、時生は問うた。「すみません」と頭を下げてから、国安は答えた。

「そうです。でも梅崎さんに、『お前も同罪だ』と脅されて。お金も出してもらったし、怖くて逆らえなくて」

国安が泣きだし、眉根を寄せた益塚がうんうんと頷く。益塚も梅崎に脅され、犯行に加担させられたということか。その梅崎は床に横たわったまま、無言。隣に座った木山も俯いている。泣きながら、国安はさらに訴えた。

「でも、桂木くんも悪いんです。画風を変えて売れたけど、彼自身も変わってしまった。梅崎さんに少し嫌味を言われただけなのに、『知ったことか』『金の亡者』と怒って——」

「変わって当然。作品を生み出すのは生身の人間で、機械じゃない」

真顔の強い口調で、南雲が返した。スケッチブックを小脇に、ドアの前に立っている。国安は口をつぐみ、益塚も顔を上げた。

「だから増長することもあれば、欲に溺れることもある。その全ては作品に反映され、アーティスト自身に返ってくる。孤独で崇高《すうこう》な闘いで、それに寄り添い、ジャッジできるのは、今という時代だけ。そのルールを守れない者がアートに関わるのは、美への冒瀆《ぼうとく》。断じて許せない」

鋭く迷いなく言い渡され、国安と益塚は怯えたように身を縮め、梅崎と木山は顔を背けた。理屈はよくわからないけど、南雲さんはアートインベスターズでも「作品を生み出すのは生身の人間」と言ってたな。時生がそう思った時、バタバタという複数の足音が廊下を近づいて来た。

11

楠町西署の刑事たちがやって来て、時生はいきさつを説明した。村崎の指示で、国安たちは署に向かうためにギャラリーメディウムのビルから連れ出された。時生と南雲がそれを見守っていると、最後に井手と剛田が益塚を連れて来た。前の通りには、署のセダンが停められている。時刻は午後七時近くなり、周囲は薄暗い。

歩道を数歩進み、益塚が振り返った。力のない目でビルのドアの脇に立つ時生たちを見て言う。

「すみません……でも、僕は本当に桂木くんの絵が好きでした」

とっさに返事に迷った時生だったが、こう応えた。

「『作品に寄り添い過ぎると、判断を大きく誤る恐れがある』。南雲さんが僕に言った言葉です」

一瞬視線をさまよわせた後、益塚はまた時生たちを見た。

「そうですね。だから、こんなことになってしまったのかもしれません。でも、『作品に寄り添い過ぎると～』というのはレオナルド・ダ・ヴィンチの言葉ですね」

「えっ⁉」

驚き、時生は隣を見た。南雲は前を向いて微笑み、「名言だよね」と返した。一礼し、益塚はセダンに歩み寄って後部座席に乗り込んだ。井手と剛田も乗り込んでセダンは走り去り、時生はぼやいた。

「あれはダ・ヴィンチの言葉だったんですか？　なら、そう言って下さいよ。桂木さんの頭の傷は彫刻の角にぶつけたものだっていうのも、話してくれなかったし」

「小暮くんのこと『記憶力はいい』って言ったけど、取り消し。僕は創作、つまり捜査の過程は公開しない主義だって、何度――」

「覚えてますよ。ついでに、南雲さんが国安と梅崎たちに『これから大変』と言った意味もわかりました。『僕が事件の真相を突き止めるから』でしょ？　まったく、その自信の根拠は何なんですか。そのくせ、僕が梅崎たちと闘ってる時は助けてくれないし」

時生がさらにぼやくと、南雲は「誤解だよ」とスケッチブックを抱え、隣に向き直った。

「闘い方は指示したでしょ。僕は藝大で美術解剖学を学んだから、人体の全ての骨格と筋肉、神経が頭に入ってるんだ。だから敵のどこを攻撃すればいいか一瞬でわかる。僕たち、これからもあのパターンでいこうよ」

「冗談じゃありませんよ！　これからも、ヤバい時は隠れるってことでしょ」

時生は騒ぎ、南雲は「違うよ～」と笑う。二人の周りを大勢の刑事と制服姿の警察官、鑑識係員が行き来している。

「僕だって今回は大変だったんだから。犯人はあの四人だっていうのはすぐにわかったけど、桂木さんをどう隠したのかは、わからなかった。国安は大したものだよ。台が整然と並んだ白い部屋は美しかったし、あの仕掛けはある意味アート。国安の最高傑作だね」

最後はしたり顔になり、南雲は顎を上げた。「何を言ってるんですか」と咎めようとした時生を遮り、南雲はさらに言った。

「それに国安の元画家って経歴とあの仕掛けが結びついたのは、きみの『見事に真っ白』って言葉がきっかけだし、桂木さんを運ぶのに船を使ったと見抜いたのもきみだ。今回の事件を解決できたのは、小暮くんのお陰だよ。ありがとう」

最後ににっこりと笑いかけられ、時生は「いえ」と返した。南雲にストレートに感謝されたのは初めてで、嬉しく、テンションも上がった。が、すぐにさっき梅崎を倒した時のことを思い出す。

脇から顎を打ち、脳震盪を起こさせて相手を倒す。十二年前のあの夜、それと全く同じ方法で時生はリプロマーダーと思しき男に倒され、身動きが取れなくなったのだ。

やっぱり南雲さんは……。疑惑と強い怒りが、時生の胸を満たす。それが表に現れていたのか、南雲が怪訝そうに時生を見る。と、ビルのドアから古閑が出て来た。

「取りあえず、個展は中止だってさ」

肩をすくめて告げられ、時生は我に返った。「すみません。でも、さっきは助かりました」と頭を下げると、古閑は「いやいや」と笑った。

「役に立ててよかったよ。ちょっと面白かったし」

「でしょ？」

すかさず南雲も言い、二人で笑う。昨日は「タイプが違いますよね」と言ったけど、この二人、根っ子は同じ。面白ければなんでもいいんだ。そう悟ると何かを言う気は失せ、時生はため息とともにうなだれた。

「小暮くん！」

そう呼ばれ、顔を上げると歩道の先に野中がいた。黒いパンツスーツ姿で、黄色いテープの規制線の向こうに野次馬と一緒に立っている。驚き、時生は規制線に歩み寄った。

「どうしたの？」

「報せたいことがあって。署に連絡したらここにいるって言うから」

野中が答える。その青ざめた顔と切羽詰まった口調に、時生は傍らに立つ警察官に目配せし、黄色いテープを持ち上げた。それをくぐってこちらに来た野中と、ビルの前に戻る。

「やあ。琴音ちゃん」

手を振って出迎えた南雲に、野中はこう返した。

「一時間ほど前、品川《しながわ》区内の鍼灸院で切断された女性の首が見つかりました。首はその鍼灸院の院長・山口直江《なおえ》・七十六歳のもので、山口は患者への施術と対応で複数の容疑がかけられ、所轄署が捜査中でした」

「『地獄に真っ逆さまよ』ってやつでしょ？　知ってるよ」

南雲が言い、野中は「ええ」と頷く。それから声のトーンを落とし、こう続けた。

「所轄署は、患者の仕業ではないかと考えたそうです。でも、現場の状況が……山口の首はガラスの水槽に入れられ、鍼灸院の施術ベッドに置かれていたんですが、一緒に数え切れないほどのヘビが入っていたらしいんです。しかも山口は目をかっと見開いて、鼻の穴から出血もしていたとか。で、所轄署から本庁に問い合わせが――」

「メデューサだ」

思わずといった様子で古閑が言い、野中ははっとして彼を見る。緊張と焦りで、古閑がいると気づかなかったようだ。頷き、南雲も言う。

「『メデューサの頭部』。十七世紀に描かれた、ルーベンスの名画だよ。メデューサはギリシャ神話の怪物で、目を見た者を一瞬で石に変えてしまう力を持っていたとされている」

「目を見た者を一瞬で石にって、山口のしていたことに似ていませんか？　カリスマ性があって、『地獄に真っ逆さま』という言葉で患者を脅し、思考停止にする……まさか、これ」

勢いよく語りかけた時生だったが、その先が続かない。激しい動悸《どうき》がして鳥肌が立った。小さく頷き、感情を含まない声で南雲は告げた。

「リプロマーダーの仕業だね」

「えっ⁉」

古閑が声を上げ、野中は「私もそう思います」と頷く。続けて野中は「すみません。この先はちょっと」と告げ、古閑を立ち去らせた。南雲は野中と小声で話しだし、「――でね、小暮くん」と時生にも話しかけた。しかしそれは、時生の耳には入らない。

なぜまた？　疑問と衝撃で頭が回らず、軽い耳鳴りもした。一方で、南雲が自分の前に戻って来た時から、こうなるとわかっていたような気がする。

南雲の顔を見て、野中の話を聞こう。そう思いながらも体が強ばり、時生は歩道の端に立ち尽くしていた。

参考資料

『レオナルド・ダ・ヴィンチの手記（上）』杉浦明平 訳 岩波文庫

『知をみがく言葉 新装版 レオナルド・ダ・ヴィンチ』ウィリアム・レイ 編／夏目大 訳 青志社

この作品はフィクションです。実際の事件、実在の人物、団体等には一切関係ありません。双葉文庫のために書き下ろされました。

双葉文庫

か-62-01

刑事《けいじ》ダ・ヴィンチ

2023年5月13日　第1刷発行

【著者】
加藤実秋《かとうみあき》
©Miaki Kato 2023
【発行者】
箕浦克史
【発行所】
株式会社双葉社
〒162-8540 東京都新宿区東五軒町3番28号
［電話］03-5261-4818(営業部)　03-5261-4833(編集部)
www.futabasha.co.jp(双葉社の書籍・コミックが買えます)
【印刷所】
中央精版印刷株式会社
【製本所】
中央精版印刷株式会社

【フォーマット・デザイン】
日下潤一

ISBN978-4-575-52664-6 C0193
Printed in Japan

双葉文庫好評既刊

警察の目

今野 敏
五十嵐貴久
三羽省吾
誉田哲也

ぶっちぎりでおもしろい四篇を収録。読み出すとページをめくる手が止まらない。警察小説アンソロジー、シリーズ第二弾！

本体五九三円＋税